Homens de verdade

Mohamed Mbougar Sarr

Homens de verdade

romance

Tradução de Fernando Klabin

© *Éditions* Philippe Rey, 2018
"Esta edição é publicada em parceria com as *Éditions* Philippe Rey em conjunto com os seus agentes devidamente nomeados, Books And More Agency #BAM, Paris, França e Villas-Boas & Moss Agência Literária. Todos os direitos reservados."

Malê Editora e Produtora Cultural Ltda.
Direção: Vagner Amaro & Francisco Jorge

Título original: De purs hommes
Tradução: Fernando Klabin
ISBN: 978-65-87746-57-9
Capa: Dandarra Santana
Diagramação: Maristela Meneghetti
Edição: Vagner Amaro

Texto revisado segundo o novo Acordo Ortográfico da Língua Portuguesa. Proibida a reprodução, no todo, ou em parte, através de quaisquer meios.

Dados internacionais de catalogação na publicação (CIP)
Vagner Amaro – Bibliotecário - CRB-7/5224

S247h Sarr, Mohamed Mbougar	
Homens de verdade / Mohamed Mbougar Sarr. – Rio de Janeiro: Malê, 2021.	
184 p.; 21 cm.	
ISBN 978-65-87746-57-9	
1. Romance senegalês I. Título	CDD – S869.3

Índice para catálogo sistemático: Romance: Literatura senegalesa. S869.3

2021
Editora Malê
Rua do Acre, 83, sala 202, Centro, Rio de Janeiro, RJ
contato@editoramale.com.br
www.editoramale.com.br

Cet ouvrage, publié dans le cadre du Programme d'Aide à la Publication année 2021 Carlos Drummond de Andrade de l'Ambassade de France au Brésil, a bénéficié du soutien du Ministère de l'Europe et des Affaires étrangères, ainsi que des Programmes d'aides à la publication de l'Institut Français

Este livro, publicado no âmbito do Programa de Apoio à Publicação ano 2021 Carlos Drummond de Andrade da Embaixada da França no Brasil, contou com o apoio do Ministério francês da Europa e das Relações Exteriores e do apoio à publicação do Institut Français.

1

— Você viu o vídeo que viralizou faz dois dias? Queria adormecer inebriado pelo gozo. Não conseguia. Sempre há de haver neste mundo uma voz bem-intencionada que nos deseje o pior dos males: devolver-nos à sobriedade. E insistia: "Já está em quase todos os celulares do país. Parece até que um canal de televisão chegou a transmiti-lo antes de suspenderem..."
Não teve jeito: retornei, portanto, ao espaço do meu quarto, onde pairavam os odores de axilas transpiradas e cigarro, onde, porém reinava, sobretudo, encobrindo os outros cheiros, a marca acentuada do sexo, do seu sexo. Assinatura olfativa singular, seria capaz de identificá-la entre milhares de outras, bem aquela, o cheiro do seu sexo depois do amor, cheiro de alto-mar, que parecia emanar de um turíbulo do paraíso... A penumbra aumentara. Já passara

da hora em que achávamos que ainda podíamos dizer que horas são. Madrugada.

Contudo, o estrépito das vozes do lado de fora se recusava a cessar: eis o coro difuso de um povo cansado, mas que há muito perdera o gosto pelo sono. Falavam, se é que assim podemos chamar todas aquelas frases sem fim nem começo, monólogos inacabados, diálogos infindos, murmúrios inaudíveis, exclamações sonoras, interjeições inverossímeis, onomatopeias impressionantes, irritantes sermões noturnos, declarações de amor medíocres, palavrões obscenos. Falar. Não, decididamente não, eles babavam as frases como molhos gordurosíssimos; e elas escorriam, sem se preocupar com nada, de qualquer jeito, concentradas apenas em brotar e afastar aquilo que, de outra maneira, poderia substituir a morte: o silêncio, o silêncio insuportável que obrigaria cada um deles a se observar como de fato são. Bebiam chá, jogavam cartas, chafurdavam no tédio e no ócio, aparentando, porém, fineza, aquela elegância hipócrita que faz a opção da impotência passar, com pretensa nobreza, por dignidade. Meu cu. Em cada frase, em cada gesto, eles investiam todo o peso de sua existência, que não pesava nada. A balança do seu destino não oscilava. O ponteiro só indicava zero, o vácuo. O mais terrível era que essa luta entre a vida e a morte não se desenrolava num palco grandioso, digno de seus intuitos; não: ela se passava no imenso anonimato de ruas arenosas, sujas, submersas na escuridão. Melhor para eles, pois teriam todos se suicidado caso pudessem enxergar uns aos outros. Daquele jeito já era triste o bastante. Aguardavam. Só Deus sabe o quê. Godot. Os bárbaros. Os tártaros. As sirtes. O voto das bestas selvagens. Só Deus sabe quem. Tinha a impressão de que, toda vez que um deles dava risada, emitia-se algo no ar, foguete sinalizador que explodia nas alturas. Alguns consideravam isso como algo admirável: olhem só, que gente boa! Dão risada apesar de tudo! Desafiam a morte graças à fé na vida! Ser honrado mesmo na pobreza etc.! E nos comovemos e os alçamos. E lhes erguemos majestosos e nobres bustos. Eu, que só ergo estátuas aos mortos, aos heróis e aos tiranos. Os habitantes da madrugada, aqueles, eram simplesmente miseráveis. Como me atrever a lhes desmascarar a ilusória coragem?

— Você me escutou?

— Sim, você estava falando do vídeo.

— Ah, então você viu?

— Não. Não sei de que vídeo você está falando.

— Então por que você disse "o vídeo"?

— Sei lá. Por reflexo.

— Você não estava me escutando.

— Não, não realmente, me desculpe. Mas escutei você dizer "o vídeo". Qual?

— Espera. Estou com ele aqui.

Ela se desencostou do meu ombro e pôs-se a procurar por alguns segundos seu telefone, que havia se extraviado entre os travesseiros, os lençóis, o cobertor, as roupas pouco antes atiradas a esmo por cima da cama, na pressa do enlace. Retornou ao meu torso. A luz vívida da tela me ofuscou por alguns instantes, enquanto ela manipulava o telefone a poucos centímetros de nossos rostos. E logo nada mais se tornou visível, à exceção da tela.

— Invertemos a metáfora da nossa época. Época de cegueira generalizada, em que a luz da tecnologia perfura as nossas pupilas ao invés de iluminá-las, afogando o mundo numa noite contínua e…

— Você é um intelectual, interrompeu ela, impiedosa. Tudo

o que você acaba de dizer pode ser até interessante mesmo. Mas não entendi nada. Droga.

Ela estava mentindo: era capaz de compreender tudo o que eu dizia. Ou melhor: conseguia quase sempre adivinhar, não, mais ainda, deduzir, sim, isso mesmo, deduzir tudo o que eu haveria de dizer a partir da primeira frase enunciada. Rama. Era o nome dela.

Inteligência viva e selvagem, cujo brilho a embaraçava tanto que, por causa de uma espécie de vergonha ou modéstia, ela passava a vida a reprimi-la em sociedade. Mas já fazia muito tempo que comigo isso não funcionava. Eu lhe arrancava a máscara com fúria.

— Você está mentindo. Você mente com a mesma naturalidade com que respira. Eu sei.

— Ninguém liga para isso aí que você está dizendo da cegueira do mundo. Se você é capaz de ver que todo mundo está cego, é porque você mesmo acha que não está. Você consegue ver, tem certeza? Vem olhar isso que é melhor.

Ela acessou o vídeo, que começava com aquele turbilhão confuso de vozes e imagens característico das filmagens amadoras: não havia qualquer elemento contextualizador, nada exceto vozes, vultos, bafejos; o autor do vídeo portanto não estava a sós, parecia se encontrar no centro de uma floresta de gente; sua mão tremia, a imagem não era nítida, porém se estabilizou após alguns segundos; o indivíduo que filmava se pôs a falar — era um homem — e perguntava, tanto para si como para nós que assistíamos ao vídeo, o que é que estava ocorrendo, mas ninguém respondia. Ergueu um pouco o braço, de maneira a melhor detalhar o que se passava em derredor, e pôde-se ver uma multidão a caminho, numerosa, densa. Vozes distantes se levantaram: "Ao cemitério! Vamos ao cemitério! — Ao cemitério? Por quê?" — interrogou o homem.

O vídeo ficou de novo confuso; sentia-se uma mudança de ritmo, um movimento mais célere, como se, para conseguir acompanhar a multidão, o homem que segurava o telefone se pusera a correr; "Por que o cemitério?", repetia como num tormento, "por que o cemitério?" De novo nenhuma resposta, mas ele prosseguia com rapidez, e logo algumas vozes masculinas grosseiras começaram a gritar: "É aqui! É aquele ali!" O homem que filmava desacelera e diz, como se falasse consigo mesmo: "Estamos no cemitério, vou me aproximar para ver", com um tom de voz em off de um profissionalismo ridículo, para em seguida abrir caminho entre a multidão aglomerada, acotovelando-se (ouviam-se reclamações, vivos protestos), desculpando-se, mas avançando, empurrando com os ombros. De súbito, um movimento brusco moveu a tela e, por alguns segundos, tudo ficou completamente escuro. "Foi o telefone dele que caiu nesse instante, disse-me Rama, mas depois continua" e, de fato, logo foi possível dar de novo um "visu", termo feio; o autor do vídeo parecia ter chegado a um ponto do qual não se podia mais prosseguir, a multidão estava demasiado espremida.

 Pôde-se ouvi-lo emitir um berro de espanto, no que ergueu o telefone por cima das cabeças: surgiu, então, na tela, alguns metros mais adiante, rodeada por uma muralha de gente, uma cova sendo cavada por dois camaradas munidos de pás, uma cova já bastante profunda, aberta na carne da terra como uma enorme ferida em torno da qual, à exceção dos dois camaradas, ninguém se mexia: as pessoas pareciam fincadas ao redor do buraco, silenciosas, sérias como se enterrassem um de seus pais ou seu próprio corpo, sua própria alma. A própria mão do autor do vídeo pareceu petrificar-se, não estremecia mais, a imagem se tornara precisa, sem oscilar. Os dois homens cavavam com a insânia de caçadores de um tesouro prestes a ser encontrado, um tinha o torso desnudo, o outro, a camisa aberta, de tal modo encharcada de suor que ficara colada à sua pele, ofegantes os dois. Cavavam com força considerável; as pás se alternavam, cheias de barro e de fúria; a fossa aumentava de largura e de profundidade, até o instante em que um dos camaradas disse: "Chega!" E como se aquela palavra fosse o sinal aguardado por todos, a multidão, de novo, foi tomada por uma agitação mais densa, mais orgânica: algo monstruoso parecia jazer nas profundezas da fossa e da turba. Então, alguns gritos ressoaram: "Tirem-no! Já começou a decompor, que cheiro! Cheiro de pecado! Cheiro do sexo de sua mãe, de onde ele jamais deveria ter saído!"

Antes de entender, vi um dos camaradas ajoelhado à beira do buraco, com o busto desnudo mergulhado na cova, os músculos entumescidos. Alguns segundos depois, voltou: primeiro os ombros e a cabeça, depois os braços, antes de brotar, sim, é bem isso, o contorno de uma forma; as mãos do coveiro tentavam extrai-la do túmulo; o outro camarada veio ajudar, eles puxavam, arquejavam, praguejavam. A forma aos poucos emergia da terra como um pesado baú sepultado há milênios; a multidão arfava, num misto de horror e prazer, ouvi dizerem *Allah akbar! Allah akbar!*[1] várias vezes, até mesmo o homem que filmava gritava junto. Os dois camaradas continuaram puxando, a coisa estava quase toda para fora, como um grande pedaço de madeira morta envolvido num tecido branco; puxaram num último esforço, como o golpe derradeiro do lenhador antes de o baobá despencar, e o cadáver brotou da fossa com um ruído profundo e desumano, em meio a exclamações de pavor misturadas a versículos do Corão e insultos. O corpo exumado

---

[1] N.T. Deus é grande, em árabe. O Senegal é um país de maioria muçulmana.

caiu no chão, a poeira subiu; cerrei os olhos, invadido por terror e desgosto, o vídeo, porém continuava, deliciando minha curiosidade mórbida, reabri os olhos. A imagem era cada vez mais confusa, feita de arroubos e turbilhões. A multidão voltou a se movimentar, porém com menos uniformidade. Uma mancha branca, no entanto, tornou-se visível na tela, como um ponto de referência: era o sudário se desenrolando enquanto arrastavam o cadáver para fora do cemitério; o homem que filmava seguiu o trajeto do corpo, alcançando as pessoas que o puxavam furiosas e sem qualquer constrangimento, o defunto arrastado pela poeira, o sudário abandonado, podia-se ver apenas uma faixa tênue ainda protegendo o morto. Alguns segundos depois, em meio à respiração gutural e satisfeita dos homens, vi o corpo nu do morto, o sexo protuberante; fechei os olhos para evitá-lo, só pude vê-lo melhor, completamente morto e completamente nu, sob as minhas pálpebras cerradas, pura imagem mental que me aderiu aos neurônios, que minha imaginação exagerava e dotava de uma horrenda nitidez; reabri os olhos, a tempo de ver o cadáver lançado para fora do cemitério debaixo de insultos e cuspes vigorosos, em seguida, violentamente, o vídeo terminou, ou Rama o interrompeu, não sei mais.

Sem palavras, alguns instantes se passaram. Até as vozes do lado de fora pareciam ter-se calado. Era um daqueles silêncios que temermos, ao mesmo tempo, prolongar e suspender, ambas as opções parecendo conduzir a uma catástrofe. Mas era necessário dizer algo. Foi Rama que se atreveu:

— E então? Impressionante, hein?

— Isso aconteceu onde?

— Aqui, em Dakar. Não sei ainda em que lugar exatamente. Mas aconteceu, é isso.

Ergui os ombros. Não tive coragem nem vontade de dizer mais nada. Minha garganta estava seca, minha língua, pesada. Meu peito soava oco. Ergui-me, aproximei-me da janela e acendi um cigarro. As risadas lentamente refizeram sua negra constelação no céu. Perguntei-me por que Rama me mostrara aquilo. Pois ela sabia que eu não gostava da visão da violência, não por eu ser medíocre, mas pela simples razão de detestar o fascínio baixo que ela fazia brotar em mim. Invadiu-me um início de náusea, acentuado pelo cigarro. Senti o peso de um cansaço que em vão tentei afastar, absorvendo-me na contemplação das casas mergulhadas no escuro.

— Vem — ela acabou me dizendo.

Sabia perfeitamente o que o tom daquele convite significava. Enojado (mas a carne é tão fraca), joguei a bituca do cigarro e juntei-me a ela. Começou a me acariciar. Não pude esconder: ainda estava transtornado, desconfortável. A imagem do cadáver brotando da cova revirava minhas entranhas. O corpo de Rama tornou-se-me alheio. Senti-me embaraçado e desajeitado. Por um instante, a memória dos gestos eróticos se perdeu. Mas não passou de uma breve amnésia: a memória estava sepultada nas mãos, no olhar, na respiração, na pele, nos lábios. Fazia parte de tudo aquilo que nunca se perde, exceto esquecer a si mesmo. O desejo ressurgiu ao cabo de poucos minutos, mais rápido do que a moral permitiria (mas adoraria ver, com meus próprios olhos, a moral agarrada ao corpo nu e ardente de Rama, com suas nádegas tão firmes como os punhos de um boxeador vingativo, com seus pequenos seios suaves e confortáveis como bolas de plumas) ... atingi o gozo como um santo transfigurado em êxtase místico.

Vivenciar um terror sagrado diante de um acontecimento, deixar-se abalar profundamente por ele, e se entregar ao prazer logo em seguida, esquecendo-se do drama: só um homem é capaz disso, ser alternadamente, ou ao mesmo tempo, o irmão do monstro e a irmã do anjo. Nenhuma decência genuína perdura. Ou talvez só eu seja assim.

    Recordo-me — naquela altura eu ainda era estudante na França — que poucos minutos após saber da morte de minha mãe, arrasado de tristeza, fui mergulhar nos braços da minha namorada. Ela se chamava Manon, e eu estava do lado dela quando meu pai me telefonou. Ela soube junto comigo da notícia fatídica que ninguém na face da terra quer receber, mas que sabemos ser inevitável. Manon me consolou, apertando-me a seu peito como uma criança, enquanto eu inundava sua blusa com a minha dor. Durou muito tempo. Era pleno inverno, poucos dias antes do Natal. A vívida chama do frio queimando meus ossos, o sudário negro da noite precocemente embrulhando o mundo, a melancolia que sempre me acompanhou nessa época do ano — tudo isso se aliava à aflição causada por aquele fato terrível, embora simples: minha mãe estava morta.

    Chorei por muito tempo nos braços de Manon. Em seguida, de súbito, ainda às lágrimas, num gesto que me surpreendeu ao mesmo tempo que me horrorizou, mas um gesto irreprimível, pus-me a acariciar os seus seios e o interior de suas coxas, e a tentar tirar sua roupa. Naquele instante fui tomado subitamente por uma vontade louca e obscura de foder como nunca. Ela recusou de início. Mas quem pode recusar um pouquinho de consolo a um homem que acaba de saber da morte de sua mãe? Ela acabou por ceder. Ignoro se foi por perversidade, pena, piedade cristã ou amor verdadeiro. Por medo? Terá ela temido que, cegado pela ira, eu a violentasse? A violasse? Eu a terei violado? Só agora reflito sobre isso. Senhor... Não a vi mais depois daquilo.

Aquela noite, contudo, a noite em que soube da morte de minha mãe, foi também, para mim, uma estupenda noite de amor com Manon. Mas foi a única noite em que a dor, uma dor infinita, se misturou intimamente à volúpia carnal da qual minha alma saiu exausta, quase morta porém confortada naquilo que, a meus olhos, alicerçava minha mais profunda humanidade: o trágico. Ou a monstruosidade. Mesmo naquela monstruosidade, porém, não passava de um homem, um homenzinho destroçado, miserável, infeliz e órfão. Merecia ter morrido aquela noite. Deveria. Teria sido feliz. Teria reencontrado minha mãe.

O coração da madrugada batia em câmera lenta, como se o mundo houvesse de sustar a respiração nos segundos seguintes, e nós com ele. Pusemo-nos a adormecer. Aderi às costas de Rama, chocando-a como um passarinho ferido. Parecíamos duas colherzinhas dispostas por uma mão maníaca. Ela pôs-se a falar de novo naquele momento, às margens do sono. Levava a crer que fosse sua especialidade.

— O que você acha disso?

— Do quê? — perguntei, após alguns instantes, necessários para ligar o meu cérebro.

— Do vídeo.

— Sei lá... Estou chocado, mas não sei o que pensar disso por agora. Presumo que tenha sido um *góor-jigéen*[2] ...

Ela se desembaraçou dos meus braços, virou-se, encarou-me, fuzilou-me com o olhar. Seus lábios estremeceram, acabando por soltar palavras cheias de ira:

---

[2] Homossexual, em wolof.

— Você presume que tenha sido um *góor-jigéen*? Você presume? Você queria que tivesse sido o quê? Eles são os únicos neste país que não têm direito a um túmulo. Os únicos que não têm direito à morte nem à vida. E você não sabe o que pensar disso?

Mantive-me em silêncio por alguns segundos, prudente. Senti pelo seu tom de voz que eu havia ultrapassado um limite. Tudo o que eu dissesse seria usado contra mim. Tudo o que eu pudesse calar, também.

— Não. Não sei. Enfim, não passava de um *góor-jigéen*.

Soltei aquelas últimas palavras com uma certeza e uma rispidez que me surpreenderam, embora houvesse tido ao mesmo tempo plena consciência de as pronunciar. Mas como é que então me veio, imediatamente depois, a sensação de ser o covil de um monstro, um monstro que haveria de me expulsar de mim mesmo, ou ao contrário, o que sem dúvida seria a mesma coisa, de me aprisionar no meu próprio alicerce? De onde é que vinha a consciência de uma estranheza que agia no interior do meu próprio ser? Estava certo de que, ao pronunciar aquela frase, não era mais eu mesmo. Falara por mim uma boca coletiva — como uma fossa — onde estavam enterradas — mas elas com frequência ressuscitam — as opiniões nacionais. Eu era a boca de velhas forças que tinha direito de vida e de morte sobre mim. Não conhecia mais minha verdade íntima; mesmo a ideia de tê-la, nesse caso específico, me parecia perigosa. Havia, portanto, exagerado na minha frieza, como se temesse que os olhos da sociedade me surpreendessem em flagrante delito de fraqueza. No tribunal do meu quarto, sozinho com Rama, havia, portanto, prestado juramento à minha cultura, à sua presença pesada e invisível, aos seus séculos maciços, aos seus bilhões de olhares.

O olhar de Rama, contudo, negro e maldoso, me perfurava

com setas envenenadas. Quase conseguia ouvi-la procurando em sua mente as palavras de desprezo que desejava atirar à minha cara, os começos de sentenças terríveis que abrasavam seu cérebro, como incêndios florestais, prestes a me queimar como um pecador: "Seu... Você se dá conta, seu idiota imundo, do que... Seu cachorro hétero sem pêlo, sem... Você não é nada, nada, realmente nada mais que um nojento e minúsculo... Suas palavras conseguem ser ainda mais estúpidas que..." Mas Rama não se deu por satisfeita: suas frases, ainda demasiado fracas para a fogueira a que me destinara, se apagavam na raiva que as sufocava. No esforço da tentativa, ela acabou por deslizar para um estado ainda mais estarrecedor do que a irritação brutal: o ódio gélido.

— Às vezes me pergunto — acabou por dizer, — o que é que eu estou procurando com um cara como você. Eu não te entendo. Você é quase sempre simpático, aberto, educado, até sensível. E, de repente, paf, despenca na maior besteira, na maior imbecilidade, como se atravessasse uma turbulência. No final, você é parecido com os outros. Idiota como todos. Os outros pelo menos às vezes têm a desculpa de não serem professores universitários, supostos homens de saber, iluminados. Não passava de um *góor-jigéen*, enfim, hã?

Ela repetiu a frase com uma indignação irônica na voz. Abri a boca para argumentar. Ela não me deu tempo: como um relâmpago, um tapa extinguiu-me a vontade de falar, plaft!, acendendo uma fogueira dolorida do lado esquerdo do rosto. É que ela bateu rápido, e forte. Por uma questão de honra, eu me obriguei a não alisar minha face antes de ser devorado pela vontade, pois afinal eu era um homem. Rama já me dera as costas. Ela ficou brava comigo por alguns dias e não falou mais comigo aquela noite. Melhor assim. Eu não tinha mais força para continuar a discutir. Tinha que dar aula no dia seguinte. Mas acabei por esfregar um pouco a face no escuro, ao abrigo de qualquer indignidade; então desmaiei de cansaço, logo afundando num sono que já sabia que não haveria de ser suficiente para me revigorar.

2

Sem que isso fosse surpreendente, minha aula se desenrolou num tédio mortal. Havia dormido mal e pouco, minhas ideias não estavam claras, minha boca mastigava o comentário de um poema de Verlaine como um chiclete velho e insípido. O que eu só queria era concluir meu curso despendendo o mínimo possível de energia física e intelectual, e então dar no pé; estava contente em ver que meus estudantes de mestrado miraculosamente não demonstravam nenhuma paixão pelo meu ensinamento. Estavam mais apáticos, preguiçosos e medíocres que de costume. Era óbvio que a literatura francesa do século 19 nada lhes dizia. Fico me perguntando se eles entendiam alguma coisa de literatura; essa questão induzia outra: o que é que eles estavam fazendo ali? Jamais soube responder. Aposto que nem eles.

Indaguei-me várias vezes se o ensino atual de letras estrangeiras em geral, e francesas em particular, era uma boa ideia nas nossas universidades. Já penávamos em suscitar o interesse dos estudantes pelos nossos próprios escritores, que haviam supostamente falado de nossa sociedade, suas aspirações, suas angústias, sua natureza profunda. Agora querer lhes incutir a paixão pela literatura de um outro país, saída de um século passado, escrita numa língua ilegível mesmo para a maioria dos franceses de hoje em dia... Melhor ensinar os mortos a ressuscitar. Meus estudantes eram completamente impermeáveis, ou pior, indiferentes à menor digressão de Balzac, ao mais acessível verso de Mallarmé, à mais simples novela de Barbey d'Aurevilly ou de Villiers de l'Isle-Adam, a um romance de Huysmans, a uma frase de Flaubert. Por que se importar em lhes ensinar algo que haveriam de esquecer de imediato?

Houve um tempo em que, jovem formado, recentemente saído de uma trajetória universitária longa e acidentada — embora honrada —, professor temporário cheio de dinamismo, de ambição pelo meu país, aonde havia retornado para ensinar e transmitir, eu havia colocado todas essas questões aos meus colegas. Alimentava o desejo de reformar o ensino da literatura comparada. Não suprimir cursos, mas adaptar seu conteúdo à realidade vivida pelos estudantes. Havia investido bastante ardor e energia na minha empreitada, por vezes até mesmo um pouco de ferocidade. Queria fazer as coisas se mexerem. Tinha a firme intenção de atacar os especialistas do departamento, velhos professores carecas, hipermétropes e gordos que haviam passado a vida inteira divagando pelos corredores da faculdade como fantasmas num cemitério, sem outra ambição além de manter seu estatuto de professor adjunto ou temporário. Eram fósseis, dinossauros que não escreviam mais (se é que houvessem escrito antes), não publicavam mais, não pesquisavam mais, não refletiam mais sobre suas práticas e muito menos sobre literatura. Contentavam-se em ruminar os mesmos cursos, nos quais, no melhor dos casos, eles modificavam de um ano para outro uma ou duas vírgulas, uma ou duas referências, um título aqui, uma citação acolá. De resto, eles procuravam transformar o departamento num formidável necrotério, onde perdia rápida e definitivamente a respiração quem ainda se atrevesse a mantê-la.

Tão logo cheguei, portanto, multipliquei as iniciativas: colóquios, jornadas de estudos, propostas de novos conteúdos, ateliês, módulos, seminários. Meus colegas, à exceção de dois ou três, olhavam para o meu esforço com um desprezo zombeteiro ou com um sarcasmo melancólico. Diziam-me: "Você me faz lembrar como eu era quando cheguei aqui. Pois é, éramos todos assim como você, jovens e idealistas, mas você vai ver, logo você vai perceber que isso é inútil, rapaz, ninguém se importa com literatura neste país. Nem mesmo você, no fundo..." Para outros, menos tagarelas, eu certamente me empenhava movido pela única razão capaz de impelir um jovem universitário a dedicar tanta energia ao ensino neste país: escalar rápido os degraus e tomar o lugar dos mais antigos, ou seja, eles mesmos. Esses não só não me apoiavam, obviamente, como também me criavam o máximo possível de obstáculos. E como a maioria deles eram influentes, linguarudos, com doutorado em intrigas de bastidores, legitimados pela idade, amigos de longa data do decano da faculdade ou até do reitor da universidade, eles detinham um estoque inesgotável de armadilhas que atiravam no meu caminho...

Resisti por três anos. Depois parei. Não era falta de vontade, nem minha paixão que houvesse murchado. Simplesmente, observar todo um sistema gastar tanto para permanecer no lugar, tanta gente despertar de seu torpor apenas para voltar a mergulhar nele, todos aqueles letristas de um saber ossificado mobilizando-se para preservar seus patéticos privilégios de potentados de sub-império, tudo isso me nauseava. Decidi então calar-me, limitar-me às minhas aulas, pelas quais os estudantes não se interessavam e das quais nada compreendiam. Gracejavam à minha passagem pelos corredores. Meus colegas diziam que, finalmente, eu me arranjara mais rápido que eles a seu tempo. Não respondia. De que serviria tentar explicar? Para eles, só uma coisa contava: eu havia perdido, e eles, ganhado. Quanto a essa conclusão, tinham razão. Eu perdera bem e feio.

    Após essa derrota — já faz quatro anos —, passei a me contentar com o mínimo necessário: lecionava sem ardor, escrevia um ou dois artigos por ano (o que bastava para fazer de mim um dos pesquisadores mais prolíficos e mais constantes do departamento), cumpria algumas obrigações administrativas relacionadas a meu cargo, e basta. Que o cadáver continuasse fedendo. Mesmo enrascado, eu não estava nem aí. Aos trinta e sete anos, eu me resignara à mediocridade ordinária da universidade do meu país.

    Devo dizer, entretanto, que, ao cabo de três anos de minha cruzada quixotesca, pude sempre contar com um aliado infalível. Sr. Coly era sem sombra de dúvida o melhor professor da faculdade de letras. Ele vinha lecionando ali desde o ano do meu nascimento. Especialista na poesia simbolista francesa, em particular a de Saint--Pol-Roux, cuja poesia ele considerava enormemente superior à de Mallarmé ou Laforgue, tornou-se meu professor referente desde o momento em que integrei o departamento de literatura comparada. Ao longo de inúmeras conversas, desenvolvemos uma relação amistosa, nutrida pelo amor à literatura e por infinitas e estimulantes discussões que acabávamos sempre tendo a respeito de seu poeta predileto. Divertia-me muito ao lhe dizer - não só para provocar, mas por genuína convicção - que Saint-Pol-Roux era um poeta menor, sem qualquer influência notável na poesia do século 20. E ele me repetia que justamente essa ausência de descendência ("que não é o mesmo que influência") poética demonstrava a grandeza que se originava de sua singularidade.

Sr. Coly me apoiou na medida de sua possibilidade e atribuições, que não eram insignificantes no seio da faculdade em que era uma das figuras mais respeitadas e temidas. No entanto, ele relutava em pedir serviços ou favores ao decano do departamento, Sr. Ndiaye, que lhe fora próximo antigamente, mas que se desviara pelo pântano político para garantir certos privilégios. Eles não se davam. Sr. Coly não tencionava mais dar a Sr. Ndiaye aquilo que o decano esperava há anos: a ocasião de ter uma dívida para com ele. De modo que Sr. Ndiaye recusava sistematicamente conceder-me os créditos para as atividades que eu tentava realizar. Sr. Coly sabia que bastaria lhe pedir que me desse. Mas seu orgulho, sua intransigência, seu desprezo pela mediocridade e pela bajulação habituais no seio da universidade o impediam. Eu o compreendia. Apesar de tudo, ele continuava me incentivando a perseverar em meus projetos sem nada esperar da faculdade. Foi o que fiz, até a náusea. Sr. Coly ficou triste com isso. Permanecemos bons amigos. Foi o único dentre os meus colegas com quem a relação ultrapassava o simples cumprimento.

Liberei meus estudantes quinze minutos antes do fim da segunda aula. Não sei se foram eles que mais se aliviaram, ou eu. Arrumei devagar as minhas coisas e arrastei os pés até a cafeteria da universidade, rezando para que a máquina, que estava quase sempre quebrada, estivesse funcionando. Ela fazia um café intragável, mas eu me sentia tão sonolento que estava disposto a suportá-lo, mesmo se me envenenasse. Cruzei com dois colegas que saíam da cafeteria. Mal nos cumprimentamos. Cada um segurava uma canequinha branca de onde fumegava uma bebida negra e duvidosa. Era meu dia de sorte.

Tentei degustar, sem prazer, meu primeiro gole de café, o olhar vazio passeando por um cartaz que anunciava colóquios, jornadas de estudos, conferências e outros festins intelectuais que atraíam pouca gente, até que uma voz me fez sobressaltar:

— Já consertaram a máquina? Não posso acreditar.

Efeito de meu cansaço, talvez, não me entusiasmava muito a ideia de conversar com Sr. Coly, embora tanto apreciasse sua companhia. Ele deve ter notado a sombra de exaustão que cobria meu olhar:

— O senhor deveria descansar, senhor Gueye. Parece tão extenuado quanto um mestrando de primeiro ano.

— Acabei de sair de uma aula.

— Compreendo. Vá descansar, e não beba essa coisa horrível da qual vou me servir com uma ou duas xícaras. Como vão seus cursos? O senhor tentou ensinar alguma coisa a nossos queridos estudantes hoje? — disse-me ele enquanto aguardava a máquina atender o seu pedido.

— Dei uma introdução aos poetas malditos. Verlaine...

— Ah...

O tom de Sr. Coly pareceu estranho, meio preocupado. Sua expressão mudou; pareceu tomado por uma memória longínqua, ou uma reflexão que o afligia. Essa sombra em seguida se dissipou e saímos da cafeteria. No corredor, retomou:

— Presumo que o senhor não viu o anúncio ridículo do ministério no tocante ao ensino de Verlaine e outros autores. Ou o senhor preferiu desobedecer?

— Que anúncio?

— É o que eu imaginava. O senhor não sabe do que estou falando... está entre os seus e-mails. É de mais ou menos duas semanas atrás, como reação aos acontecimentos... o senhor sabe... Aquela besteira, aquela estupidez incompreensível... bem, vá dormir, senhor Gueye. Está com uma cara lamentável. Venha me visitar um dia desses, quando estiver melhor. Tenho novidades sobre Saint-Pol-Roux. Adoraria conversar sobre isso.

Apertou-me a mão com um sorriso e foi embora a passos rápidos. Arrastei-me até o carro, quase dormindo, voltei para casa e desabei pelado na cama.

3

Meia-noite. Impossível dormir de novo. Fiquei com vontade de ver Rama, cujo cheiro impregnava não só os lençóis, como também as paredes do quarto, a mínima partícula de ar que eu respirava, toda a minha consciência. Após alguns minutos de um vago debate interior, telefonei-lhe. É claro que ela só atendeu no quinto toque, o último antes de cair no vácuo impessoal da caixa de mensagens, e me concedeu um "alô" glacial. Desliguei na hora, o coração triturado. Ainda não tinha coragem de enfrentá-la. Embora não houvesse motivo. Ela não ligou de volta. Ignorava se isso me aliviava ou me afetava.

Fiquei deitado, pegando no meu sexo flácido, os olhos perdidos no teto. Invadiu-me uma vontade de me masturbar, intensa e urgente, que desapareceu na mesma velocidade com que surgiu, como uma estrela cadente. A grande solidão que sentia extinguiu meu ardor onanista — ainda que ela tivesse sempre sido a sua seiva. Masturbar-me não teria servido para nada além de retardar o momento de reconhecer que Rama não viria, e que o mundo, naquela noite, havia perdido o sentido. Lado negativo: não era certo que ele ainda tivesse sentido no dia seguinte; lado positivo: ele já não tinha menos sentido que no dia anterior. No frigir dos ovos, as coisas até que não iam tão mal.

Um barulho inicialmente abafado, e depois cada vez mais alto, vozes num microfone, luzes fortes, vibração de tambores, um alvoroço na noite acabou por me arrancar da cama e dos meus medíocres exercícios filosóficos. Tudo aquilo tinha uma única explicação: estava acontecendo alguma coisa no bairro. Pois bem. Era necessário arejar as ideias. Saí. Do lado de fora, um rio humano inundava a rua, arrastando gente, animais, poeira e lixo. O bairro fervia, acometido por uma grande febre de festa. Sempre adorei as manifestações coletivas. Bem ao contrário de alguns, não nutro qualquer desprezo pelas pessoas que, reunidas, dão vazão a emoções puras. Adoro as multidões, as pessoas nas multidões. Sou uma delas. Adoro as greves, adoro as marchas, adoro os concertos, adoro os cortejos fúnebres ou festivos e os *sabar*[3], as preces coletivas e as reuniões políticas, as grandes missas e os enterros. A multidão reabilita a condição humana, feita de solidão e solidariedade; ela oferece a possibilidade de um encontro particular com todas as pessoas. Na multidão, somos alguém sem importar quem.

Era um *sabar* em homenagem a um empresário rico do bairro, que acabara de realizar uma doação importante em dinheiro

---

[3] Termo wolof utilizado para designar um determinado tipo de tambor, uma dança e uma festa tradicionais.

a inúmeras associações culturais. Na verdade, não era isso o mais importante. No fundo, ninguém se importava de maneira alguma em justificar um *sabar*, nenhum pretexto era necessário. Lembro-me da família de uma jovem defunta que organizou um *sabar* no dia seguinte ao enterro, só porque ela adorava.

A arena de dança já estava delimitada pela multidão eufórica. Unindo-se aos bateristas no aquecimento, surgiu uma silhueta na ofuscante luz branca dos holofotes, sob os olhares cintilantes de admiração lançados pelos espectadores. Os bateristas lhe deram as boas-vindas com batidas alucinadas. Um clamor subiu ao céu em voluteios embriagados. Ela se movia lenta, aquela majestosa e delgada silhueta, crística, radiante de graça. Vez ou outra, num gesto de nobreza tão bem estudado que se tornava natural, ela parava para olhar a multidão, que se punha a gritar, aplaudir, jurar fidelidade, suplicar para que a silhueta lhe lançasse, como um favor, um óbolo, como um naco de carne para cães famintos, aquilo que se esperava dela: um sorriso divino, um olhar maroto, escandalosamente maquiado, sombreado por cílios compridos e sublinhado pelo traço fino de um lápis. Em seguida, num turbilhão de fogo, a silhueta começou a se mexer num movimento inimitável, parecido com uma dança lasciva. Ela envergava um longo e justo vestido negro coberto de paetês, sem mangas, deixando a descoberto seus ombros acariciados pelo globos de imponentes brincos. Sem apertá los, as *jal-jali*[4] cingiam seus quadris, que ela animava num traquejo ondulado da bacia, desencadeando gritos enlouquecidos entre os presentes. A cena lhe pertencia toda, a multidão rastejava a seus pés nus, de unhas cobertas por um esmalte vermelho tão vivo

---

[4] Cintos de grandes pérolas, feitos para seduzir.

que, mesmo à distância, conseguia ver. Depois de três ou quatro voltas, a silhueta desamarrou o lenço que lhe cobria a cabeça e o prendeu à cintura, por debaixo do cinto de pérolas, soltando uma cabeleira comprida que escorria sobre as costas como uma cascada negra. Samba Awa Niang era deslumbrante.

Dir-se-ia estarmos diante de uma vedete, uma diva, uma divindade pagã. Ele pegou o microfone e, depois de um *ragaju*[5] perfeito, pôs-se a recitar um *taasu*[6] lúbrico e malicioso. Foi o suficiente para que a temperatura esquentasse ainda mais. Os corpos pegaram fogo; algumas respeitáveis mulheres do bairro, que até então haviam mantido a reserva pudica que se espera em público de toda senhora honesta, se levantaram e começaram a amarrar suas echarpes ou lenços de cabeça em torno das ancas, prelúdio de cenas tórridas. Samba Awa Niang continuou instigando-lhes os instintos; ele as atiçava, as provocava, as convidava até o centro da arena para um baile diabólico. As primeiras mulheres vieram à frente, seguidas imediatamente por outras que não queriam ficar para trás. Tudo logo se transformou num festival de bundas rebolando por baixo de finas tangas, revelando, entre as dançarinas mais pudicas, deliciosas coxas que aliavam milagrosamente o firme ao adiposo, o músculo à celulite, a suavidade da graciosa barriguinha à firmeza do traseiro orgulhoso. As mulheres cercaram Samba Awa, envolvendo-o num frenesi dionisíaco. Ele, sem tocar nas proeminências que se lhe apresentavam como oferendas, continuou a recitar *taasu* cada vez mais sugestivos. As mulheres se arqueavam, se descadeiravam; as

---

[5] Movimento muito específico dos olhos: trata-se de exprimir, revirando-os exageradamente, desafio, provocação, confiança, determinação ou ameaça - ou tudo isso ao mesmo tempo. Em geral realizado por mulheres.
[6] Os *taasu* são uma espécie de poemas ou estórias populares senegaleses, que podem ser ora satíricos, laudatórios, obscenos, lúdicos ou moralizadores.

pérolas que lhes cingiam as ancas tilintavam e tocavam uma sinfonia embriagante e sensual. Algumas dançarinas competiam em habilidade; outras, naquela obscenidade total e admissível que está na base do erotismo senegalês. De início tímidas, e aos poucos cada vez mais audaciosas, os *beco*[7] começavam a aparecer, vermelhos, pretos, sombreados, de todas as nuances do desejo, cobertos de furos formidáveis e profundos, abismos infinitos em que os machos, à noite, nas espirais do incenso, atraídos por carícias íntimas e murmúrios devastadores, mergulham e se perdem numa odisséia que Homero teria sido incapaz de cantar e Kubrick, incapaz de filmar.

    Para as mulheres que mais se deixavam embalar pela loucura do *sabar*, a insânia do instrumento satânico cujo rugido podia, dizem, impedir-nos de ouvir a própria voz de Deus caso Ele estivesse diante de nós, para aquelas mulheres, portanto, até mesmo os *beco* se tornaram demasiado pudicos, de modo que se desembaraçaram deles. E, então, os sexos logo se entreviram, aqueles grandes sexos negros de miolo vermelho, secretos e majestosos em sua inacessibilidade, carnosos como frutos tropicais, enfeitados por coroas de uma pelagem lustrosa e de um brilho sombrio… Eles se escancararam, aqueles sexos protuberantes, se escancararam como bocas estupefatas; e as mulheres, no instante em que os exibiam, exageravam-lhes a abertura e a profundidade, como se para revelar a alma. Tudo isso durou o tempo de uma batida de coração, e logo a cortina das coxas, dos *beco* e das tangas baixou, devolvendo as flores do mundo ao seu jardim secreto.

    O ritmo embalou, os bateristas enlouqueceram como possuídos após vislumbrarem o caminho da salvação; alguns deles, até,

---

[7] O *beco* é uma pequena tanga curta, cujo tecido é coberto por furos maiores ou menores. No Senegal, é elemento indispensável da roupa íntima feminina.

não podendo mais, abandonaram os postos para se unir às mulheres no centro da pista arenosa. Formaram-se casais que se entregaram a um corpo-a-corpo sensual. Não raro dois corpos, durante a dança, de tal maneira se aproximavam e se enlaçavam, que se podia dizer que, por trás dos véus transparentes da poeira que subia, não havia mais do que uma única criatura atormentada, ou duas jibóias se estrangulando numa luta fratricida.

Samba Awa se libertou de sua prisão de carne e, como se caminhasse no ar, se deslocou para o interior do círculo. Ele perdera a peruca e conversava com a multidão, pedia aplausos, encorajava coros. Recebia maços de cédulas com as quais recheava, num gesto indiferente da mão, a bolsinha a tiracolo coberta de paetês, enquanto espectadoras seduzidas por sua arte se atiravam a seu pescoço com puros gritos de amor; elas o aclamavam, adulavam, desejavam — leve-me com você, Samba Awa, não tenha dó! Ao meu lado, dois homens comentavam:

— Samba Awa, *góor-jigéen bi, jigéen yëp a bardé si moom!* Esse homossexual, ele faz um sucesso doido com as mulheres!

— *Moy cafka sabar u rew mi! Da fa ay, dom'ram ji!* É ele que apimenta os *sabar* de todo o país! Que talento, esse imbecil!

Samba Awa retornou ao centro do círculo, onde os corpos em brasa ainda ondulavam. Segurava uma cadeira, que ele colocou ao lado do grupo de dançarinos. Em seguida, como um mestre de cerimônias, pediu aos bateristas que equalizassem os instrumentos e fez um sinal para que o grupo diminuísse o andamento. A multidão, adivinhando o que se seguiria, exultou e se pôs a cantar o refrão que Samba Awa Niang haveria de entoar muito em breve num ritmo agora mais lento, majestoso, suntuoso. O mestre de bateria, o célebre Magaye Mbaye Gewël, perdera o fôlego de tantos gestos enfáticos e nervosos para dirigir o grupo, lançando olhares cúmplices a Samba Awa, prestes a começar o espetáculo. Enquanto isso, algumas dançarinas, as mais experientes (eu contei: não eram mais que cinco), permaneceram no meio do círculo, enfileiradas diante da cadeira, esboçando ligeiros passos de dança, prestes a se lançar na batalha final. A multidão estava em delírio. Samba Awa, radiante, fez questão de manter aquela atmosfera superaquecida o mais tempo possível. A espera atingiu o ápice numa tensão esmagadora. O próprio Magaye Mbaye Gewël parecia ter cada vez mais dificuldade de evitar que o fogo que incendiava a palma de suas mãos fizesse explodir o couro esticado do tambor. Ao meu lado, sapateavam furiosos:

— *Ayça waï Samba Awa, doy na!* Vamos, Samba Awa, já chega! — alguém gritou.

A voz de Samba Awa, surpreendentemente fina, soou no microfone:

— *Jëlël siis bi!* Pegue a cadeira!

A multidão ecoou seu apelo, e os bateristas soltaram uma saraivada de percussões. A primeira dançarina da fila avançou então na direção da cadeira e se apoiou nos seus braços, entregando ao céu e à apreciação do público o seu traseiro rechonchudo. Samba Awa se posicionou ao lado dela e entoou uma ladainha obscena, acompanhado pelos bateristas. A mulher, sempre na mesma posição, irrompeu num *lëmbël*[8] violento, suas ancas vibravam tão rápido que os bateristas mal podiam acompanhar o ritmo. Samba Awa continuou e, assim que a ladainha terminou, ele pediu à candidata aclamada que se colocasse a seu lado enquanto gritou pela segunda vez: *"Jëlël siis bi!"*

---

[8] Dança tradicional senegalesa, caracterizada pela sensualidade.

A candidata seguinte por sua vez se posicionou, apoiando-se na cadeira, e executou sua dança. As dançarinas assim se sucederam, escoradas na cadeira — uma no espaldar, outra no assento, outra a uma perna, e a última colocou a cadeira de ponta-cabeça para se agarrar a duas de suas pernas, sempre no intuito de oferecer o mesmo espetáculo de movimentos furiosos de quadril, conforme a inspiração de cada uma. No final, Samba Awa, no perfeito domínio da arte da encenação, perguntou à multidão qual daquelas senhoras havia ganhado o concurso da cadeira. As trovoadas de ovação me pareceram equivalentes; Samba Awa, porém, depois de vários turnos de um escrutínio realmente concorrido, acabou por coroar a candidata que tinha virado a cadeira. Meu vizinho pareceu concordar. Por mim, eu teria concedido a vitória àquela que empunhara a cadeira por trás, pelo espaldar...

Samba Awa orquestrou a festa madrugada adentro. Eram quase três horas da manhã quando nos dispersamos, a contragosto.

4

O toque do meu telefone me acordou. Atendi com raiva, sem mesmo lançar um olhar à tela do aparelho. Estava prestes a xingar quem me importunava tão cedo, às 13 horas.

— Salamu Aleykum, Ndéné… Já decidiram. Eis que serei eu a conduzir a prece de sexta-feira na mesquita.

Aquela voz de santo, aquele tom irritante e admirável de majestade… O senhor meu pai.

Homem piedoso, meu pai. Alma proba e inflexível, devoto exemplar, muçulmano rigoroso. A ortodoxia encarnada. Ademais, pressentíamos que ele viria a substituir, no cargo de imame do bairro, o lendário El Hadj Abou Moustapha Ibn Khaliloulah "Al Qayyum", que envelhecera e cuja morte, sussurrava-se, não tardaria: a doença o segurava. Meu pai, claro, com sua áspera modéstia, mas também por amizade e lealdade a El Hadj Abou Mustapha Ibn Khaliloulah, não queria saber daqueles rumores, que ele varria com o dorso da mão.

No entanto, ele não podia se recusar a conduzir a prece de sexta-feira, pois "Al Qayyum" estava hospitalizado já fazia alguns dias. Desde o seu leito no hospital, ele dera, com voz débil, claras instruções: Cheikh Majmout Gueye, meu nobre pai, deveria tomar o seu lugar. Tal designação, aos olhos de muitos, foi a última e irrefutável prova da preferência que o velho imame nutria por meu pai, que deveria assim garantir o comando da mesquita do bairro. Por meio dessa eleição, dessa revelação ântuma de seu testamento, "Al Qayyum", diziam, desejava evitar querelas por sua sucessão. Diziam, ademais, ser uma boa escolha. Pois, ao lado de meu pai, ou melhor, diante dele, se erguia um pretendente à sucessão do velho imame: o terrível Mohammadou Abdallah. Perfil severo de abutre faminto. Mais inflexível, mais rigoroso, mais ortodoxo que meu pai. Era um candidato sério e determinado, apoiado por boa parte dos dignitários do bairro. Deve-se dizer que Mohammadou Abdallah nada ocultava de suas ambições, ao contrário do meu pai, que simplesmente não as tinha. E assim que El Hadj Abdou Moustapha Ibn Khaliloulah mostrou os primeiros sinais de fraqueza, Mohammadou Abdallah lançou sua campanha junto a influentes dignitários do bairro. Apresentava-se, diante do colapso moral da sociedade, como o homem necessário, aquele que, com pulso firme, endireitaria nossos costumes à deriva. Meu pai não quis ver as manobras do rival. Ele até o considerava como amigo. Os notáveis que o apoiavam fizeram questão, de todo modo, de avisá-lo. Mas o meu pai, apesar de tudo, havia declarado não ter nenhum interesse naquelas *mbiru adina*, aquelas coisas terrenas, aqueles cálculos baixos; de modo que ele nada tentou fazer para limitar a influência e a popularidade crescentes de seu monstruoso adversário. Meu nobre pai ainda acreditava no jogo justo e na amizade diante do poder. Era um cretino, um cretino probo e justo, sim, mas, no entanto, um cretino. Paradoxalmente, essa atitude magnânima não fez senão aumentar sua popularidade. "Al Qayyum", que não deixava passar nada do que acontecia (não por acaso ele fora imame por quarenta e dois anos, e ainda por cima apelidado de "Al Qayyum", o "imutável"), "Al Qayyum", então, parecia cada vez mais convencido de sua escolha. E isso apesar do fato de Mohammadou Abdallah, com seu rigor islâmico e sua intransigência, não lhe ser indiferente. El Hadj Abou Moustapha havia mantido por muito tempo uma majestosa neutralidade, digna de um grande e velho chefe que, ao anoitecer da vida, se encontrava acima da luta dos candidatos à sucessão. Mas já fazia três meses que ele deixava transparecer cada vez mais sinais a favor de meu querido pai. Ele se ostentava na presença dele no bairro, sussurrando-lhe palavras misteriosas e compartilhando sorrisos cúmplices. "Al Qayyum" o convidava para sua casa, mencionava-o como exemplo em suas pregaçoes, convocava-o com freqüência, após a prece de sexta-feira, para conversarem em particular sobre questões sociais às quais a religião deveria fornecer respostas. Meu pai considerava essas pequenas gentilezas como provas de uma grande amizade, sem tê-las como premissas de uma entronização. Quanto a Mohammadou Abdallah, ele se enfurecia à visão de tal espetáculo. E mesmo que continuasse a manifestar, em público, uma afabilidade e uma cortesia exageradas em direção ao meu pai, todos sabiam que, no fundo, ele o execrava. Em círculos restritos, ele se referia a ele como "muçulmano mole".

Desde que El Hadj Abou Moustapha Ibn Khaliloulah "Al Qayyum" fora hospitalizado, na segunda-feira precedente, todo o bairro já sabia que ele provavelmente não seria capaz de conduzir a prece da sexta-feira. Na véspera, ao entardecer, uma pequena embaixada, composta pelo porta-voz da mesquita, por um fiel escudeiro de Mohammadou Abdallah e por um próximo de meu pai, foram visitar o velho imame. Ele então designou meu pai. E foi por isso que ele me telefonou.

— Espero que venha, Ndéné. Já não o tenho visto com freqüência na mesquita e isso me entristece. Quase sinto vergonha. Faça um esforço.

Prometi, a contragosto. Meu pai desligou. Levantei-me. Meu sono esvoaçara. Ducha, rádio, café, passagem pelo banheiro, cigarro — na mesma ordem imutável. Pus-me em seguida a responder às dezenas de e-mails que a administração universitária, os colegas, os laboratórios e os estudantes me haviam mandado nos últimos dias. E, como sempre, toda vez que eu tentava encarar a tarefa, eu me lembrava da razão de procurar evitá-la e prorrogá-la *sine die* num gesto de medo: ela era sisífica, mortal. Impossível ordenar, responder a todas as solicitações, fornecer referências a não sei qual estudante que não dava a mínima e que só me escrevia por oportunismo, querendo sair bem na fita e obter meus favores. Apesar do café e de minha escassa boa-vontade, os e-mails não diminuíam. Desisti depois de duas horas de uma luta vã, ao longo das quais só conseguira tratar de três ou quatro questões urgentes. O resto que esperasse, ou morresse naquele vasto cemitério digital em que se transformara minha caixa de e-mail.

Ia sair para comer na cidade quando recordei a última conversa com Sr. Coly. Não entendi nada daquilo que me dissera, mas guardei na memória uma estória de e-mail encaminhado pelo ministério a propósito de Verlaine. Era incongruente demais para que eu fosse ver do que se tratava exatamente. Claro que eu ignorava quando a mensagem havia sido enviada. Não lembrava mais se Sr. Coly tinha me dito ou não. Passei meia hora averiguando pacientemente as páginas dos meus e-mails, abrindo todos, mesmo aqueles destinados a jamais serem abertos. Finalmente, na página 4, apareceu a nota em questão. Ela dizia, em resumo, que, diante do "recrudescimento" (só podia ser o ministério!) dos acontecimentos violentos relacionados a homossexuais nos últimos meses, e atendendo a solicitação de diversas organizações religiosas que denunciaram uma lenta perversão dos costumes do país — que se transformara num antro de *góor-jigéen* —, aconselhava-se vivamente a todos os professores de letras, para sua segurança e em nome da preservação de nossa cultura, que evitassem "o estudo de escritores cuja homossexualidade fora verificada ou mesmo presumida" (havia uma longa lista de autores mais ou menos viados, entre os quais Verlaine) —, até que se atingisse o apaziguamento social.

5

Não foi um súbito elã de devoção recuperada, mas um belo resgate de amor filial que me deu a força necessária para ir à mesquita. Eis que já fazia tempo que eu não rezava mais. Para o meu pai, porém, estava disposto a fazer um pouco de teatro. Não sou mais praticante, mesmo acreditando ainda em Deus, supondo que exista. Em público, claro, não apresento as coisas dessa maneira. Não sou o único. Somos numerosíssimos neste país, atores formidáveis no palco religioso, histriões fantasiados, mascarados, maquiados, dissimulados, virtuoses da aparência, atuando tão bem que conseguimos enganar não só os outros, como nos convencer a nós mesmos da ilusão que criamos. Sim, bondosos muçulmanos de olhar fervoroso, de coração inundado de pureza, de testa cingida pelos louros da eleição divina, somos nós, soldados do Bem, povo com o rei na barriga e orgulhoso disso, areópago de justos imbuídos pela mais imaculada bondade; cá estamos, sempre, berrando nossas palavras caridosas, nossas recomendações inflamadas, nosso proselitismo apaixonado, regurgitando ao devido sinal todos os versículos do Corão que memorizamos sem compreender, prontos a apontar e criticar no outro qualquer indício de incredulidade, desviando castamente o olhar das mulheres que sonhamos só foder (alguns dentre nós conseguem); sim, somos nós, santos irrepreensíveis em plena luz do dia, devoradores de seios, chupadores eméritos, farejadores de bundas, fetichistas de dedões do pé, bebedores de gozo na calada da noite. Atores. Prestidigitadores. Charlatães. Ilusionistas. Talvez não sejamos os mais numerosos neste país, mas possuímos talento suficiente para encenar uma peça grandiosa. Encenemos pois!

Desempenhei meu papel com talento inabalável, atento a meus gestos, meu olhar, à nobreza da postura da minha cabeça, cuidando do babado piedoso do meu *boubou*[9] especial para a ocasião, perfumado, passado e repassado, enriquecido de goma arábica. Acreditaram em mim. Meu talento era quase capaz de me fazer chorar. Houve quem pensasse que os cantos corânicos emitidos por enormes alto-falantes na mesquita me emocionavam... Que inocentes...

Do lugar em que me instalara, pude ver Mohammadou Abdallah na primeira fila, carrancudo e mal-encarado. Meu pai era aguardado. Ele finalmente saiu de seu lugar de honra e cumprimentou a assistência para, em seguida, lentamente, sentar-se no púlpito para a prece. Estava belo em seu *grand boubou*[10]. Parecia constrangido

---

[9] N.T. Designação francesa para túnica tradicional utilizada na África Ocidental, *mbubb* em wolof, em geral com mangas largas e cujo comprimento chega aos tornozelos.
[10] N.T. Vestimenta tradicional constituída por três peças: calça, camisa de manga larga e comprida e uma túnica por cima.

de estar ali, mas consciente de sua responsabilidade. A prece começou. Lancei mais um olhar na direção de Mohammadou Abdallah. Jamais vira, pensei comigo mesmo, alguém dissimular tão bem sua amargura por trás de um sorriso.

*

"Meus irmãos queridos, não gostaria de me demorar, sendo que não tenho o hábito de ocupar este lugar. Oremos juntos para que o nosso amigo e guia El Hadj Abou Moustapha Ibn Khaliloulah "Al Qayyum" recupere rapidamente sua saúde pela graça de Deus, e volte a nos guiar. Gostaria de pedir a cada um aqui presente orar por ele hoje, a fim de que ele se restabeleça de imediato.

"Adoraria agora chegar ao meu assunto do dia. Trata-se de uma notícia que tem percorrido o nosso país. Muitos de vocês talvez tenham visto o vídeo que circula faz alguns dias..."

Meu pai consagrou sua prédica ao vídeo do indivíduo desenterrado; em outras palavras, ele o consagrou à homossexualidade. Com o propósito inequívoco de condenar implacavelmente aquela torpeza ignóbil que a ira divina deveria punir. Aprovou o fato de terem desenterrado o homem, evocou o caráter sagrado do cemitério religioso e afirmou que o lugar dos homossexuais era na prisão, pois, além de pecadores, os *góor-jigéen* eram também criminosos, cuja mera presença no seio da sociedade ameaçava sua coesão e sua moral; criaturas cuja própria existência constituía crime contra a humanidade.

Enquanto falava, e enquanto vigorosos movimentos de cabeça aprovavam cada uma das acusações contra os gays, pensei de novo no vídeo, no sexo nu, na brancura do sudário. E, de súbito fui assaltado por questões de uma banalidade absoluta: quem era aquele homem? Como tinha sido sua vida? Como descobriram que ele era *góor-jigéen*? Quem o havia acusado? Tinham provas de sua sexualidade desviante? Onde estava sua família? O que aconteceu com seu corpo? Imaginava os membros de sua família, presentes à exumação no meio da multidão, demasiado apavorados para ousar reagir, a menos que — o que seria bem possível — não tenham também participado do linchamento pós-morte. Não me surpreenderia. Se um gay é descoberto, percebido de maneira errônea ou correta como tal, sua família é que se vê obrigada a se desculpar: ela tem que demonstrar abominar esse mal, seja cortando ligações com o acusado, seja agindo contra ele com uma violência ainda maior. Para a família atingida pela terrível nuvem da vergonha, essa é a única maneira de salvar a reputação. É o único meio, para ela, de afastar a terrível suspeita que equivale à morte social: ser um viveiro de viados, abrigo do gene transmissível do perigo gay. A inominável desonra de que o *góor-jigéen* é atingido ameaça sempre se estender sobre seus próximos. Isso não raro ocorre como proteção do anátema popular que os aguarda, fazendo-os se apressar, já que não podem mais esconder, em renegar publicamente o indivíduo excomunicado pela família. Gay: eis a única roupa suja que uma família se alegra e se alivia lavando em público, com o auxílio de todas as mãos que vêm esfregar, esfregar, esfregar até o sangue a mancha ignóbil na honra e preservar aquilo que mais lhe importa: a imagem refletida no pequeno balé de sombras de nossa insignificante existência. Ninguém suporta a vergonha.

    Os dois camaradas que haviam aberto o túmulo para desenterrar o homem talvez fossem os irmãos dele. A energia que depuseram para cavar poderia também ser a da sua luta contra a vergonha suprema: o pavor de não pertencer mais à humanidade, o pavor absolutamente humano de não poder ser mais admitido como gente em meio à gente. Posso compreendê-los, e como! Todos deviam compreender. Somos em geral duros para com a humanidade, sua estupidez, seus erros e sua feiura, mas é só a ela que temos. Ela é nossa única família verdadeira, nosso único refúgio contra nossa solidão. Sim, somos fundamentalmente sozinhos e, sem a comunidade de solidões que forma e nos oferece a humanidade, nenhum de nós aguentaria um único round diante de si mesmo. Conseguimos continuar vivendo por sabermos que todos, ricos, pobres, judeus, Misses Universo, prêmios Nobel, e até mesmo os americanos, todos são tão sozinhos quanto nós. Essa é uma ideia fraca, egoísta, lamentável, admito. É desesperadora e não liga para o amor. Ela tem, porém, para mim, algo de abominavelmente reconfortante.

    Meu pai chegou ao fim da prédica. Concluiu que devemos nos esforçar em ser moralmente mais rigorosos, única maneira de lutar contra os homossexuais, cujas ações haviam causado escândalos demais no país. Terminou evocando pela última vez o homem desenterrado: "A única coisa que podemos fazer por essa criatura de Deus é rezar para que Deus tenha piedade de sua alma."

6

A última frase da prédica valeu certas críticas a meu pai. É ao menos o que ele me explicou depois do jantar ao qual me convidara na casa dele naquela mesma noite.

— Depois da reza, Mohammadou Abdallah...
— O seu rival? — interrompi-o.
— Não é meu rival... Enfim, não podemos chamá-lo como tal... Mas, sim, ele... Ele veio ao meu encontro, na companhia de alguns dignitários do bairro. Disseram-me que o fim da minha prédica tinha estragado tudo. Que tinha sido boa até aquele ponto. Mohammadou Abdallah falou até mesmo de sabotagem. Estava muito furioso.
— Por quê?
— Porque eu disse no fim que era necessário rezar por... por

aquele homem. Segundo Mohammadou Abdallah, foram palavras irresponsáveis e de um significado pesado.

— Por quê?

— Por quê? Vamos e venhamos, Ndéné, é óbvio: porque não se pode pedir aos muçulmanos que rezem por um homossexual!

Permanecemos em silêncio por alguns instantes, até meu pai retomar, mais calmo:

— Ele tem razão. Eu não devia ter dito aquilo... Podem ter pensado que sinto piedade por ele.

— E não é o caso?

— Não podemos nos permitir ter piedade dos *góor-jigéen*. Devemos apenas rezar para que eles permaneçam o mais longe possível de nós e de nossas famílias.

Adja Mbène entrou naquele instante. Era a segunda mulher de meu pai, co-esposa de minha falecida mãe. De modo realmente incrível, minha mãe e ela sempre se amaram muito, quase como duas irmãs. Digo incrível, pois jamais pensei que um casamento polígamo pudesse ser feliz; no máximo, harmonioso. O que em geral é suficiente. Embora minha mãe e Adja Mbène tenham me provado o contrário, jamais consegui imaginar, e continuo sem conseguir, que duas mulheres que dividem o mesmo homem possam de fato se apreciar, e ainda mais se amar. O caso de minha mãe e de minha madrasta seguia sendo a exceção que confirma a regra.

Após a morte de minha mãe, de quem era o único filho, Adja Mbène, que tinha dado dois a meu pai (eles estudavam no estrangeiro), passou naturalmente a me tratar como seu terceiro filho, em memória à amizade com minha mãe, cuja morte a havia entristecido profundamente. Eu chegava mesmo a achar que ela me dedicava um amor que não manifestava a seus próprios filhos, em razão daquele sentimento estranho que aproxima os que perderam alguém especial, e que tentam, por meio de um amor redobrado, transferir um ao outro o afeto que nutriam pelo ente perdido. Eu amava Adja Mbène. Amava-a não como segunda mãe, pois isso não existe, mas como uma mulher que minha mãe sinceramente amara.

— Vocês estavam falando de homossexuais — disse ela ao se sentar. — Eu escutei... Seu pai me contou o que aconteceu na mesquita. Mas eu tinha lhe dito que evitasse o assunto na prédica. Falar de homossexuais sempre causa tumulto...

— Mas foi você que me mandou o vídeo — observou meu pai.

— Sim, isso é verdade — admitiu Adja Mbène, fitando-me com um ar ligeiramente constrangido. — Foi sua meia-irmã que me mandou. Ele chegou até no Canadá! Mostrei a seu pai. *Ndeïsaan...* Pobrezinho... Estremeci ao ver o corpo saindo do túmulo... *La Illah...* Um cadáver... Sem dúvida ele já tinha visto o Anjo da Morte, e o arrancaram de sua última morada. Nem consegui dormir à noite, pergunte a seu pai...

— Ele afirma que não devemos nos apiedar dele.

— É mesmo? Você disse isso, Majmout? — Ela se virou para o meu pai. — Fico surpresa. Se não podemos nos apiedar dele, o que é que nos resta? Além da piedade, o que mais? Aquelas pessoas... — Ela voltou a me fitar. — Conversei com seu pai sobre elas... acho que são doentes. Precisam de uma cura... Tenho uma amiga que tem uma irmã cujo filho é assim, mas ela o levou a um curandeiro reputado, e depois ele voltou ao normal. Ele se casou com uma mulher e tem filhos. Parece até que está se preparando para uma ñareel[11]. Ele desviou completamente do mau caminho,

---

[11] Segunda esposa.

seus demônios o deixaram em paz. É por isso que digo que são doentes... Pobrezinhos, não foram eles que escolheram... Não todos, claro. Há quem faça essas coisas...

— Quais?

— Você sabe muito bem, Ndéné, você sabe muito bem quais coisas. Há quem as faça por prazer, para desafiar, ou porque realmente gostam, *subhanallah*. Fazem para imitar os brancos. Eles não entendem que o mesmo que serve para os brancos, lá no país deles, não serve aqui para nós. Temos nossas próprias tradições, nossa cultura... não precisamos imitar. Eu realmente acho que se trate de uma doença na maior parte das vezes... Eles têm que ser mandados para o hospital, ou para os marabutos...

— Eles não são doentes — interveio lentamente meu pai, com um tom duro na voz. — Como Deus poderia atingi-los com uma doença que fosse um pecado? Ele os tornaria culpados de um erro do qual não seriam responsáveis? Um erro de origem divina, *astafirulah*, é inadmissível. Tudo revela uma escolha consciente. Essas pessoas não são doentes. Dizer que estejam doentes, Mbène, seria o mesmo que dizer que Deus estivesse na origem da homossexualidade...

— *Astafirulah*, não me faça blasfemar, jamais disse isso, Majmout!

— Ah, está vendo? É a eles que cabe a responsabilidade, a escolha. Na minha opinião, são pessoas que se confundiram, que perderam a fé, a cultura. Imitam coisas ruins, que não são daqui. Realmente, elas não são daqui. Elas fazem parte dos inúmeros pecados trazidos pelos brancos.

— É verdade — disse Adja Mbène, — é exatamente o que eu estava dizendo.

Um novo silêncio se instalou, ao longo do qual minha reflexão sobre tudo o que acabara de ser evocado se cristalizara numa questão que eu queria evitar de fazer a meu pai e a Adja Mbène em forma bruta. Eu sabia que a questão simplesmente colocaria meu pai e Adja Mbène numa situação incômoda. Ela os forçaria a passar de uma opinião genérica a um compromisso pessoal que chacoalharia a sua tranquilidade. Não era culpa deles: estavam longe de serem os únicos, nesta sociedade, convictos de estarem refletindo enquanto não faziam mais que professar vagas opiniões inofensivas para sua mente. A maior parte das pessoas davam opiniões exteriores a elas, sobre assuntos que não as comprometiam em nada e com nada. Falavam inconsequentes. É isso que lhes permitia dizer as maiores estupidezes impunemente, sem mesmo se darem conta. Nada mais fácil. O último dos imbecis é capaz de emitir uma opinião superficial sobre um assunto que lhe é alheio. Mas deveríamos falar de coisas necessárias, quero dizer, desde o interior delas, daquele interior desconhecido, perigoso, que não perdoa a imprudência, nem a besteira, como um terreno minado...

— Se vocês tivessem um filho *góor-jigéen*, o que fariam?

Eis que não pude segurar a pergunta. Ela escapou da minha mente e dos meus lábios à força. Adja Mbène ergueu um olhar apavorado na minha direção, e o baixou de imediato. Senti que ela não quis responder antes do marido. Cabia a ele se posicionar sobre uma questão tão perigosa. Meu pai permaneceu imóvel em sua grande poltrona, embora eu sentisse o frêmito profundo que o tomara, um frêmito traído por uma veia grossa, que surgiu repentinamente na sua têmpora direita, em forma de T. Silêncio sem fim. Seus olhos cintilavam de uma raiva que fazia tempo não via. Sua voz desabou como um trovão metálico.

— Sua pergunta parece um insulto. Não tenho um filho *góor-jigéen*. E mesmo se tivesse...

Calou-se, como se não soubesse mais o que dizer depois daquilo. Alguns segundos. E retomou:

— Se tivesse, a culpa seria minha: eu teria fracassado na sua educação, para fazer dele um verdadeiro homem e um bom muçulmano.

— Sim, mas você ainda não disse o que faria, papai. E é isso o que eu quero saber: o que você faria. O que você faria com ele. Como você reagiria.

Eu sabia que estava indo longe demais, mas a pergunta havia sido feita. Queria uma resposta. Não suportaria não recebê-la.

— Ndéne, você está sendo mal-educado. Não se pode interrogar um pai dessa maneira. Não tenho razão alguma, repito, para refletir sobre uma hipótese tão maluca. Mas, como você insiste, com essa curiosidade inconveniente, eu vou lhe dizer: se tivesse um filho *góor-jigéen*, ele não seria mais meu filho.

— Como assim?

— Mas não ficou claro? Eu o renegaria.

Com essas palavras, pronunciadas num tom ainda mais duro, meu pai se ergueu e ganhou o quarto. Adja Mbène, por sua vez, me olhou, como se enfim se sentisse autorizada a falar.

— Não se faz esse tipo de pergunta. Você conhece o seu pai. Sobre certos assuntos...

— E você?

— Eu o quê?

— Se você tivesse um filho homossexual...

— O que você quer que eu diga, Ndéné? Ela baixou um pouco o tom de voz, como se temesse que meu pai a escutasse. Um filho é uma dádiva de Deus. Para mim, um filho é um filho. O que eu posso fazer senão amá-lo, mesmo que seja diferente ou doente? Eu rezaria a Deus dia e noite para que Ele curasse o meu filho, mas eu o amaria. Se eu, sua mãe, não o amasse, quem o faria? Ndéné, o seu pai tem razão. Essas perguntas não devem ser feitas. Vá se desculpar antes de ir embora, senão isso vai cair em cima de mim. Meu pai saiu do quarto depois de uma hora. Percebi que havia lutado para recuperar um pouco de serenidade. Uma luta perdida. Marcas da raiva permaneceram visíveis em seu rosto, numa ligeira crispação do maxilar. Eu ainda não tinha aberto a boca quando ele retomou:

— Eu sei o que você está pensando. Você talvez me considere um homofóbico, como dizem as pessoas instruídas, como você, por exemplo, que defendem os direitos de cada um. Não nego, sei que você se tornou um deles desde o seu retorno da França. Eis porque, ao contrário da sua mãe, não quis que você partisse. Mas eu não sou homofóbico. Ou talvez seja. Tudo depende do que coloquem atrás dessa palavra. Não odeio essa gente, não desejo que morram, mas não quero que aquilo que eles fazem, aquilo que eles são, seja considerado normal neste país. Se isso é ser homofóbico, então assumo sê-lo. Cada país tem seus próprios valores, sobre os quais ele se constrói. Nossos valores não são esses. Pura e simplesmente. Não podemos aceitá-los como algo banal, isso seria o início de nossa morte, uma traição a nossos ancestrais e a nossos pais espirituais. Pior ainda: uma traição a Deus. Para mim, está bem claro: se uma minoria ameaça a coesão e a ordem moral da nossa sociedade, ela tem que desaparecer. No mínimo, tem que ser reduzida ao silêncio, a todo custo. Isso pode lhe parecer cruel, desumano, mas não há nada mais humano, Ndéné. Afastar os que incomodam, com violência caso necessário, para proteger a maioria e conservar sua coesão, não há nada mais humano do que isso. É quase um instinto de conservação, de sobrevivência. Repito: desenterrar aquele homem do cemitério foi o que havia de ser feito. Não podemos ser *góor-jigéen* aqui, nesta terra onde viveram tantos santos, e querer descansar num cemitério muçulmano. É inadmissível. Inadmissível. Eu teria feito a mesma coisa no lugar daqueles rapazes que estão no vídeo: eu teria arregaçado as mangas e o teria desenterrado. Mesmo se fosse meu filho. Em outras palavras...

Ele me olhou nos olhos, fixamente, como se quisesse, assim, me oferecer a prova absoluta de sua convicção. Já não havia sombra de dúvida: meu pai estava dando à luz sua verdade íntima. Havia saído do campo das generalidades para descer em seu próprio interior, encarar-se, autopsiar-se, descobrir e dizer o que realmente pensava. Esse trabalho lhe custara bastante, e eu respeitei sua coragem, pois ela é necessária para expor o que se pensa, mesmo a seu próprio filho. Seu maxilar endurecera; sua nobreza se dissipara. Sobre a têmpora, o T se transformara numa letra inexistente no alfabeto latino, uma espécie de ideograma chinês complexo. Ele marcava o seu rosto como um selo maléfico. Meu pai continuou, com voz embargada, mas desprovida de fraqueza:

— Em outras palavras, Ndéné, se fosse você que estivesse debaixo da terra, enterrado naquele cemitério, e se eu tivesse certeza da sua homossexualidade, eu o teria desenterrado. Eu o teria desenterrado sem hesitar, sem pá nem picareta... com minhas próprias mãos.

Ele me mostrou as duas mãos. Vi que tremiam levemente. Meu pai retornou ao quarto sem acrescentar mais nada. Despedi-me de Adja Mbène e fui embora.

7

Nos dias seguintes, imaginei todos os pretextos possíveis para rever Rama. Sabia que ela não se dobraria com facilidade, tinha que encontrar argumentos sólidos. Seus ataques de raiva eram terríveis, obstinados, duradouros, ataques de uma mulher independente e livre que nada devia a um homem, muito menos ao sexo dele. Ela era um misto de desapego e de paixão que inspirava admiração e, inevitavelmente, desejo. Bastavam alguns momentos em sua companhia para compreender que ela jamais se apegaria, mas que ela seria capaz de amar muito mais do que se podia imaginar. Grande santa e grande libertina... Selvagem e maternal... Aparecia quando queria, ia embora quando queria. No entanto eu a considerava insondável e obsedante, na tradição das autênticas amantes.

Do seu rosto, entre todos os detalhes — e cada um deles seria capaz de inspirar mil cantigas de amor, sem no entanto conseguir reproduzir sua magnificência —, aquele rosto que poderíamos longamente contemplar sem temer esgotá-lo, do seu rosto, portanto, eu escolheria a boca, sua grande boca generosa, de lábios jamais saciados, dos quais bastava destacar os meus para que de imediato uma violenta sensação de falta me invadisse, como se eles houvessem me transmitido sua sede de serem beijados ou de beijar sempre. Ela me deixava beijá-la apaixonadamente. Acho que isso a divertia um pouco. Toda vez que eu me lançava sobre seus lábios com a ambição, ou até mesmo, nos dias de um orgulho doido, com a certeza de apagar seu fogo, Rama esboçava, no momento em que eu inclinava o rosto na direção do seu, um sorriso terno e zombeteiro, como o sorriso de uma esfinge dirigido a um candidato que, de novo, após horas de fracasso, tentava resolver um de seus enigmas.

  Mas havia mais mistério além de sua boca. Havia seus cabelos, ou melhor, sua cabeleira: massa robusta e negra de longos dreadlocks cujas extremidades acentuavam a curva em que começava o desenho de suas nádegas. Aquela cabeleira, para mim, era um mistério exuberante. Ela me obcecava mais que a boca insaciável por uma razão muito simples: Rama me proibia de tocá-la. Por qual razão exatamente? Não sei. Ela se recusava a explicar. Ela se enraivecia a cada tentativa minha de agarrar aquela cabeleira, agarrar uma trança para sentir, pesar, mordiscar. Um segredo parecia residir no centro daquela cabeleira densa e pesada. Estava convencido de que, a exemplo de alguns de nossos antigos reis, ou como Sansão, a sede da força de Rama, a chave de seu mistério estava dissimulada naquela floresta, e que bastaria nela mergulhar minha mão, mergulhar todo o meu ser a fim de a possuir por completo. Tentava, mas ela me impedia.

Ela aceitava que eu a acariciasse furtivamente, que a tocasse na superfície, mas bastava eu querer demorar a mão, desejar segurá-la para sentir toda a sua textura, para que ela me detivesse com rispidez. Mesmo quando dormíamos juntos, ela não me permitia tocar seus cabelos com demasiada insistência. Podia senti-los. Podia pousar meus lábios sobre eles. Mas segurá-los com firmeza, jamais. É claro que já tentara me aproveitar de seu sono para descobrir-lhe o segredo e, talvez, roubá-lo. Mas como se essa parte fosse a mais nervosa e sensível de seu corpo, Rama acordava sobressaltada ao mínimo toque na sua cabeleira ou mesmo à aproximação de minhas mãos. Os únicos momentos, enfim, em que ela me deixava agarrar seus cabelos, era quando fazíamos amor.

Mas isso não valia: durante o amor, faltava-me a lucidez. O prazer que Rama me causava me ofuscava tanto que eu não conseguia ver com nitidez o segredo daquelas espessas tranças negras. Mesmo que estivesse exposto e desvendado, meu gozo o cobria de uma espécie de véu que me distanciava de novo dele. Daí a sede que eu tinha de fazer amor com ela, repetidamente, prometendo para mim mesmo, a cada vez, manter a presença de espírito necessária durante o enlace para finalmente poder ver o que havia ali. O prazer, porém, acabava sempre por me afogar no momento crucial e eu nunca conseguia ver nada. A cabeleira de Rama permanecia sendo um fruto proibido, e essa ideia, sem dúvida, secretamente acabara por me agradar. Amava a ideia de que algo nela sempre me escapasse. Sua boca... Sua cabeleira... Amava a ideia de que ela fosse, para mim, mais do que um enigma: um vício poderoso, uma droga potente, um veneno de cobra. Meu mal e meu remédio.

Jamais conheci alguém que soubesse, como ela, dar ao outro a impressão de ser compreendido, escutado. Depois de um encontro com ela, saía-se desprovido de ilusões sobre as pessoas, mas, paradoxalmente, com uma fé recuperada, mesmo que provisoriamente, na humanidade. Certas estórias que me contara por as ter visto ou vivido não deixavam muito espaço para a esperança ou a bondade. Mas a simplicidade serena com a qual ela dava o melhor de si para não piorar a cada dia era admirável. Ela não era ingênua. Pelo contrário, ela me dava a impressão de haver atingido um altíssimo grau de lucidez: ela conhecia perfeitamente suas forças e seus limites, seu lado luminoso e seu lado sombrio. Essa admissão integral de sua alma lhe concedia um raro luxo humano: o de poder incriminar só a si mesma, não importa o que acontecesse. Ela era sua própria lei e sua própria transgressão.

Ela trabalhava na noite. Jamais soube em que função exatamente, e já fazia tempo que eu nem queria mais saber, pois essa ignorância era o berço de muitos sonhos. Eu a imaginava brilhando no submundo sórdido, apavorante e sedutor, dos libertinos da burguesia de Dakar, que se abandonavam em meio a jorros de álcool, dinheiro, urina e merda, a práticas inimagináveis, desconhecidas pelo próprio Sade, e que sobre mim exerciam o forte e monstruoso fascínio da estranheza.

Fazia quatro anos que nos frequentávamos. Encontrei-a na época em que, após desistir de meus sonhos heroicos de reforma universitária, eu passava as noites batendo ponto nos bares e nos bordéis, para viver a poesia ao invés de a ler e comentar. Conheci-a numa boate. Foi ela que me abordou e convidou para dançar. Enquanto dançávamos, dizendo-me que gostava de mim, ela pegou nas minhas bolas com um misto de firmeza e ternura que me fez dar uma risadela de prazer e de dor misturados. A poesia, enfim...

Desde aquele dia, passamos a nos ver regularmente. Não era apenas uma relação carnal. Em contato com ela, eu readquiria um tônus intelectual, até mesmo espiritual, que a universidade não me oferecia mais. Embora ela não houvesse terminado o ensino médio, eu me sentia ridiculamente estúpido do seu lado.

Nunca me passou pela cabeça formarmos um casal. A não ser na cama. Aliás, ela jamais teria concordado com a ideia de sermos mais do que amantes passageiros, e era melhor assim. Bissexual, ela não pretendia se privar de homens nem de mulheres, que ela igualmente apreciava com um forte amor. Não me enciumava a ideia de não ser seu único amante. Pelo contrário, considerava-me uma experiência de pleno direito com o que eu tinha de singular entre as minhas qualidades, e que eu lhe fornecia. Tinha consciência de que ela adorava em mim muitas coisas que não encontrava em outras pessoas, e que era justamente esse caráter único de cada um de seus amantes, de cada uma de suas amantes, que a encantava. Recusando-se a abrir mão das infinitas variedades do prazer, Rama parecia uma criança maravilhada por suas múltiplas nuances. Nada em sua busca por gozo e felicidade era vulgar. Eu a dividia alegremente com outros, assim como ela me consagrava na especificidade de minha riqueza. Uma hedonista. Sim, é isso: ela era uma hedonista. Ela não promovia uma busca desenfreada e egoísta pelo prazer, ela vivia numa relação tal com o mundo, em que o prazer deveria ser repartido, com toda a liberdade.

 Acabei por lhe telefonar, decidido em falar com ela. Sua voz não estava menos glacial. Gaguejei por alguns instantes, confuso, apavorado, completamente dominado pela respiração do outro lado da ligação. E então admiti que sentia sua falta. Ela me respondeu que, se aquilo era tudo o que eu tinha a dizer, ela precisava voltar ao trabalho. Perguntei se ela podia me mandar o vídeo.

— Aquele do qual você não sabe o que pensar?
— Aquele do qual eu não sabia o que pensar.
— Por que agora você sabe?
— Não.
— Então por que me ligou?
— Porque eu quero saber. Preciso assistir de novo. Não consigo encontrá-lo na Internet.
— Normal. O governo está tomando os devidos cuidados para que ele não circule. Ele só pode ser visto nos telefones. Vou te mandar.

Desligou e, alguns minutos depois, recebi o vídeo por WhatsApp. Não havia mentido ao dizer que ele ocupara minha cabeça nos últimos dias. A prédica do meu pai me havia levado de volta a ele, bem como a conversa que havíamos tido a seu respeito o havia impresso em minha mente.

Surpreendi-me, em plena preparação de uma aula, pensando na multidão, na respiração ofegante, nos dois camaradas musculosos em plena atividade, o corpo brilhando de suor. Pensava na cova aberta na terra como um sexo, um sexo de onde, no sentido próprio como no figurado, só a morte sairia. Não havia visto de novo as imagens desde aquela noite em que Rama me as havia mostrado, embora tornassem de vez em quando à minha mente, com uma nitidez tal que pareciam diretamente projetadas sobre a parede da minha mente. Chegava a ouvir o barulho do corpo caindo na poeira do chão. A brancura do percal por vezes me ofuscava num brilho pungente, no meio de uma leitura. Detalhes que não havia observado da primeira vez surgiam diante de mim. Duvidava de sua realidade, e acabei por me perguntar se não seriam minhas lembranças brincando comigo, atirando uma luz crua sobre certas coisas que, normalmente, deveriam ter começado a ser engolidas pelas brumas da memória.

Naqueles dois últimos dias, por exemplo, dois detalhes passaram a me assombrar. O primeiro era o rosto do homem desenterrado, que acho não ter visto no vídeo, mas cujos traços, sem que eu possa explicar, se desenhavam pouco a pouco na minha mente, devagar mas cada vez mais precisos, como naqueles quebra-cabeças de certos concursos televisivos, em que um rosto misterioso, progressivamente, ao se subtraírem as tarjas negras que de início o dissimulavam, se revela aos candidatos que devem identificá-lo. Tinha a impressão de que o rosto do homem desenterrado havia emergido das trevas de minha consciência como o de um afogado das profundezas de um pântano. Tinha traços grosseiros, feios, sólidos, uma daquelas caras ingratas e grotescas que só emprestaríamos ou desejaríamos ao diabo. Mas era, ao mesmo tempo, como se fosse o próprio diabo, uma daquelas criaturas sedutoras, tentadoras, belas justamente por sua feiura, se admitirmos a ideia de que a beleza seja, antes de qualquer critério estético, aquilo que fascina o olhar, ou a alma ainda mais. Nada mais atraente que o feio, nada mais belo que o mal. Velho tema. Havia, portanto, visto aquele rosto hediondo e repugnante no momento em que o sudário cessara de o proteger; não o havia só visto, como também examinado, como se esperasse que ele voltasse à vida e exprimisse um sentimento, qualquer coisa.

O segundo detalhe me perturbava mais. Era o sexo do homem. Eu o havia percebido, mas tão pouco que não tinha me marcado. Agora, sua imagem não me deixava mais, como se eu o houvesse devorado com os olhos por longos segundos em câmera lenta: um enorme sexo circunciso, com uma cabeça lisa e um corpo sombrio, escuro mesmo, incrivelmente escuro, dando a impressão de estar sob um facho de luz negra, um sexo de veias saltadas, ligeiramente curvado para a esquerda, pendurado numa lã grossa e emaranhada. O que mais me perturbava não era o tamanho do sexo, nem mesmo que me aparecesse com tanta força. O que mais me perturbava, e que me persuadia de que aquelas imagens não passavam de alucinações, era o fato de aquele pau ser tão vigoroso. Ele estava duro. Até onde sei, porém, os mortos não ficam de pau duro. Para explicar aquela ereção, inventei as hipóteses mais malucas ou blasfemas — imaginei que, tão logo enterrados, os mortos ressuscitavam, cheios de um desejo atroz, prontos para trepar com tudo o que os rodeasse: outros mortos, anjos, mensageiros, querubins, virgens que logo não seriam mais, santos, enviados, Satã... Tudo aquilo me fazia dar muita risada e me arrepiava de um prazer obscuro. Seria ele causado pela típica tendência de adolescente de me entregar a pensamentos inconfessos, ou pela loucura que me ameaçava?

    Loucura. Ou alucinação. Só tinha visto o vídeo uma vez, mais de dez dias antes, no meio da madrugada, embriagado pelo prazer sexual e pelo cheiro do tabaco. Não entendia, mesmo se o vídeo houvesse retornado várias vezes às minhas conversas e pensamentos, mesmo se aquele cadáver exumado me perseguisse, me assombrasse quase, não entendia como eu tinha chegado a ver com tanta clareza o rosto e o sexo daquele homem. Seria eu dotado de um tão grande poder de imaginação? Estaria eu mais impressionado do que eu pensava com aquele vídeo? E, se aquelas imagens não passassem de uma ilusão, por que justamente aquelas: o sexo e o rosto? Por que não a mão dele? Por que não a barriga, os joelhos, o pescoço? Por que o rosto e o sexo?

    No momento de abrir o vídeo que Rama acabara de me

enviar, não sabia o que seria capaz de me assustar mais: que as imagens do rosto e do falo do homem fossem verdadeiras, ou que não fossem. No primeiro caso, sugeriria que eu fora incapaz de esquecê-las, que me haviam marcado, e que me assombravam, me obcecavam. No segundo caso, significaria que eu desejava que elas se parecessem com a minha imaginação. De todo modo, não só aquele *góor-jigéen* ocupava meus pensamentos, como já começava a nutrir por ele algo que eu me recusava a chamar de sentimento, mas que devia ser daquela ordem. Que sentimento? A questão me pareceu idiota, e subitamente as palavras de Adja Mbène fizeram todo o sentido: "Será que podemos sentir por essa gente outro sentimento senão piedade?" Não podia, não devia ser outra coisa senão piedade.

    Assisti ao vídeo dezenas de vezes, até a náusea. Toda vez, o mesmo estarrecimento me sacudia no momento em que o cadáver era retirado do túmulo. A questão do rosto e do sexo não se esclareceram de maneira alguma. Ela realmente me perturbava bastante, pois em nenhum momento o rosto do indivíduo estivera visível e, portanto, eu não poderia tê-lo detalhado (de onde então é que me vinha aquela obscura certeza de que o homem teria aquele rosto feio e fascinante?); quanto ao sexo, mal se podia vê-lo, por um único segundo, mas suficiente: ele também não era tão impressionante como o imaginara, mas não estava longe. Parei a imagem e fiz um zoom: não cabia dúvida, ele estava em ereção. Observei também um outro detalhe que me escapara da primeira vez: não se vê nem se ouve mulher alguma.

    Mais tarde, telefonei para Rama. Sabia que responderia, na verdade ela jamais dormia de noite.

    — O que é que você quer de novo?

— Queria perguntar uma coisa: você sabe onde aconteceu a cena registrada no vídeo?

— Você já me perguntou isso. Vou lhe dar a mesma resposta: não, não sei.

— Você não sabe quem é? Quero dizer, quem é o homem desenterrado?

— Não. Não sei. Isso agora é importante para você?

Fiquei em silêncio por um instante, sem saber o que dizer. Por um lado, não, não havia importância alguma. Não o conhecia e ele estava morto. Por outro lado, porém, o vídeo me incomodava tanto que eu sentia a necessidade de descobrir mais sobre aquele cara cujo sexo e cujo rosto me assombravam. Precisava descobrir seu nome, sua aparência. De resto, precisava descobrir também o que aconteceu com seu corpo. Eles o teriam enterrado de novo? Mas onde? Que cemitério o teria aceitado? Um cemitério muçulmano? Ele não tinha esse direito, meu pai tinha me explicado claramente. Um cemitério cristão? Lá ele teria sido melhor tolerado do que num cemitério muçulmano? Um cemitério de *góor-jigéen*? Impensável... Talvez tenham incinerado o corpo. Ou enterrado na calada da noite num local desconhecido. Ou abandonado dentro de um poço. Ou arremessado ao mar. Ou jogado a cães famintos. Ou deixado em pleno deserto para apodrecer e ser devorado por abutres... O fato é que eu nada sabia daquele homem que ocupava minha mente nos últimos tempos.

Meu silêncio persistia. Rama não desligara. Ela acabou retomando, com uma voz que me pareceu adocicada:

— Conheço alguém que pode te ajudar. Não prometo nada. Mas ela saberá te dar uma pista.

— Eu te...

— Não me agradeça de jeito nenhum.
— Tá certo. Quando nos vemos?
— Quem disse que vamos nos ver?

Não respondi nada. Ela estava testando minha humildade, reafirmando sua liberdade. Alguns segundos se passaram, ao longo dos quais ela se certificou de que eu estava a seus pés. A redenção finalmente chegou:

— Dentro de alguns dias. Eu entro em contato. Agora preciso ir, Ndéné, estão me chamando. Até mais. Feliz em ver que você voltou a ser você mesmo, até você tropeçar na próxima besteira.

Desligou. Adormeci pouco depois e sonhei com meu pai: eu era o único fiel dentro de uma mesquita enorme, e ele, no lugar do imame, recitava não um versículo do Corão, mas um poema de Verlaine.

8

A aula seguinte, que resolvera dedicar a alguns poemas de *Fleurs du mal*, estava quase concluída quando os estudantes tiveram uma reação. Uma mão no fundo do anfiteatro se ergueu.

— Sim, Ndiaye?

— Hã... Senhor Gueye, desculpe, gostaríamos de conversar com o senhor antes do fim da aula.

— Conversar comigo? Sobre que assunto?

Meu tom seco deve ter intimidado o estudante Ndiaye, pois ele ficou paralisado, olhando em derredor, claramente buscando o apoio dos colegas, que - não todos, mas vários - lhe lançaram piscadelas de incentivo, lhe fizeram pequenos sinais de aprovação e de confiança com a cabeça, lhe ergueram os polegares em apoio.

— E então, Ndiaye?

— ... Hã, bem... adoraríamos conversar com o senhor sobre nossa última aula. A da semana passada. O senhor está lembrado? Sobre Verlaine. O senhor se recorda?

— Não seja estúpido. É evidente que me lembro da aula. E então, o que aconteceu? Se houver perguntas, todas as referências estão no...

— A bem dizer, senhor... Na verdade... É a respeito da obra de Verlaine... Da vida dele, também...

— Seja mais claro, Ndiaye! Não sei aonde você quer chegar.

— Perdão, senhor Gueye. Um de nossos colegas observou algo de estranho na biografia dele... ademais, o senhor está a par de que o ministério proibiu estudá-lo?

— Não ignoro. Onde está o problema?

— Na biografia dele...

Raphaël Ndiaye ergueu bem alto o manual, indicando a página da biografia de Verlaine. Não era necessário que eu a percorresse com o olhar. Conhecia-a de cor.

— Sim, e daí? — repeti. — O que é que há com a biografia dele?

— Mas então, lá pelo meio do texto...

Ele se calou, olhou de novo em derredor. Dessa vez, nenhum de seus colegas o apoiou; todos se mantinham cabisbaixos. Ele estava sozinho, muito sozinho e muito responsável. Tirei proveito do momento:

— O que, Ndiaye? Não tenho tempo para tagarelices. Diga.

— O senhor sabe por que Verlaine foi proibido pelo ministério... Ele... ele faz parte dos *góor-jigéen*. Com toda a certeza. Ele foi um pederasta famoso. A biografia dele diz que "em 10 de julho de 1873, depois de uma briga com Rimbaud, Verlaine saca uma pistola, atira, e ...

— ... atinge seu jovem amante no pulso — continuei.

Um silêncio absoluto se seguiu a minhas palavras, durante o qual os alunos me fitaram em franco desafio. Alguns daqueles olhares continham até mesmo fúria.

— E daí?, eu disse.

Dessa vez não foi Raphaël, mas Al Hassane, seu vizinho, que me respondeu.

— O senhor mesmo acabou de dizer, professor... Verlaine era um *góor-jigéen*... Amante de Rimbaud...

— Sim. Foi. Mas não entendo aonde vocês querem chegar. Onde está o problema?

— Ele gostava de homens. Eis o problema.

— Ele gostava também de mulheres. Mas isso não muda nada. Verlaine era um *góor-jigéen*. Ele podia ser também mil outras coisas. Ele podia gostar de animais. Mas o essencial é que Paul Verlaine foi um grande poeta. O que é que o fato de ser um *góor-jigéen* muda na poesia dele?

— Muda alguma coisa, senhor — respondeu Al Hassane. — Ele se deitou com homens, isso muda realmente tudo. Muda tudo, pois...

Al Hassane hesitou alguns instantes para continuar, consciente de que suas próximas palavras o comprometeriam pessoalmente, mesmo se pronunciando, como estava bem claro, em nome do grupo.

— Pois?

— Pois o senhor está nos ensinando a poesia de um homossexual... Isso pode nos influenciar. É por isso que o ministério proibiu o ensino de Verlaine. Ele faz parte da grande propaganda européia para introduzir a homossexualidade entre nós. Não vamos mais aceitar isso. O currículo vai mudar, *In Sha Allah*.

Um silêncio estranho, pesado como uma censura, seguiu-se à declaração do estudante. Tive vontade de responder aos alunos como Proust a Sainte-Beuve, quando lhe disse que dentro de um escritor existem duas pessoas: o homem ordinário, que chega atrasado, lava a roupa, organiza a correspondência, cozinha mal, promete que não vai beber mais que um copo ou que chegará na hora, o eu social, portanto, e o artista, o eu profundo, aquele que cria, trabalha para retratar o mundo, procura dentro de si a beleza, sai para explorar a feiúra. Quanto a Verlaine, eu amava o poeta, o homossexual pouco me importava. Sabia, porém, que minha resposta pareceria absurda aos estudantes. Eles jamais conseguiriam aceitar que Verlaine fosse homossexual. Eles o reprovariam sempre. Eu os compreendia: a cultura, a educação, os valores que lhes haviam sido inculcados fizeram-nos recusar-se a fechar os olhos para os homossexuais, Verlaine ou outros. Verlaine teve relações homossexuais. Os alunos não podiam aceitar isso. Jamais superariam esse fato tão grave a seus olhos. Jamais veriam a beleza da poesia de Verlaine, pois sua pessoa era impura. Neste país, Proust está errado, eternamente errado, e Sainte-Beuve tem razão. Era inútil tentar fazer com que meus estudantes admitissem que Verlaine, o homem, que se entregava à homossexualidade, fosse diferente de Verlaine, o grande poeta. Para eles, para os pais deles, para tantas pessoas neste país, essa distinção era absurda: um homem é aquilo que ele faz. Uma parte importante de nossa cultura se fundamentava nesse princípio de não-distinção. Sabia que não conseguiria diferenciar os dois Verlaine. Os alunos jamais o veriam senão em sua unidade, eles exigiam sua unidade: a de um homossexual que escrevera poemas em que a homossexualidade estava presente. Poemas perigosos, portanto. O pior é que eles talvez tivessem razão em não querer dividi-lo. Era capaz de conceber que não podemos cindir um artista, que devemos aceitá-lo como um todo que é. Nós, porém, não tirávamos as mesmas consequências dessa maneira de olhar.

— Acho pena não poder ensiná-lo por esse motivo — disse eu. — É estúpido. O ministério é estúpido. Vocês são estúpidos. Todo mundo é estúpido. Se dependesse só de mim...

— Não depende do senhor! Nada depende do senhor! — julguei ouvir na sala, mas continuei sem me incomodar, trovejando cada vez mais alto:

— Se dependesse só de mim, ensinaríamos Verlaine, e todos os grandes escritores e poetas! Que fodam animais ou mulheres ou homens ou buracos na parede! Que fodam musaranhos! — gritei.

— Pouco me importa, se são grandes artistas.

Calei-me, ofegante. Alguns instantes se passaram, até a revolta eufórica daquele pequeno ato de bravura se dissipar. Senti-me ao mesmo tempo ridículo e vergonhoso. A campainha que anunciava o fim da aula tocou. Os estudantes saíram, lançando-me olhares furiosos. Sem dúvida esperavam que eu fizesse as pazes. Que me desculpasse por lhes ter proposto Verlaine da última vez. Que criticasse a homossexualidade. Que os confortasse na opinião de que ler Verlaine fosse *haram*[12]. É o que eu teria feito no meu estado normal. Porém a covardia me faltara daquela vez. Ignorava por quê. Encontrei-me sozinho na sala de aula. Logo fui tomado pelo riso. "Que fodam musaranhos!" De onde é que eu fui tirar aquilo?

---

[12] Proibido pelo Islã, ilícito.

*

Sr. Coly me chamou até o seu escritório após o término da aula. Ele me aguardava, fumando tranquilamente seu cachimbo. Recebeu-me com um olhar amistoso.

— Sem dúvida o senhor sabe do que desejo lhe falar...

— Eles vieram se queixar, não é?

— O senhor deve imaginar que eles não se dirigiram a mim. Eles o denunciaram a Ndiaye, o decano da faculdade. Ele me telefonou na mesma hora. Estava aguardando só isso. Uma ocasião para exercer seu poder sobre mim. E como ele sabe que sou próximo do senhor, que sou seu referente, ele se aproveita...

— Lamento colocá-lo nessa posição. Não tinha tomado conhecimento da nota do ministério a respeito de Verlaine quando eu havia preparado minha aula...

— Compreendo, meu jovem amigo. Mas não é isso o mais grave. O mais grave é que o decano, assim como os estudantes, detesta a ideia de o senhor considerar, qual era a palavra mesmo...? Absurdo?

— Estúpido.

— Isso, estúpido. Eles não gostaram do fato de o senhor considerar estúpido proibir Verlaine no currículo pelo motivo de ser homossexual.

— Mas é estúpido.

— Sim, é. Mas ao dizê-lo publicamente, o senhor se coloca em perigo. Não por não respeitar as instruções do ministério, mas porque a sua moralidade é posta em dúvida. Não é Verlaine que os seus estudantes estão julgando, no fundo. É o senhor, sua opinião sobre a homossexualidade.

Permaneci em silêncio. A mão de Sr. Coly empreendeu um gesto vago, como se espantasse uma mosca acima da cabeça, ou uma ideia de sua mente, antes de continuar, com uma voz mais grave, quase sombria:

— Eles queriam saber sua opinião. E a obtiveram. Desconfie, Ndéné. Nessa área, as paixões se inflamam, e as sensibilidades se exacerbam com rapidez. São questões que atingem as pessoas no fundo do coração, na parte mais profunda de seu ser, sua identidade, sua história, sua herança. Não devemos ignorar isso, nem menosprezar. Pelo contrário...

— O que pode me acontecer, agora?

— Não sei. Veremos. Mas comece por não aludir mais a Verlaine nem a outro escritor ou poeta homossexual. Isso já será uma boa coisa.

Saí do escritório de Sr. Coly com uma sensação estranha no coração.

9

Rama sorria, marota. Em seus olhos travessos, pude ler o triunfo desprovido de modéstia da mulher que exauriu o amante. Sentíamos falta um do outro e nos dissemos isso à nossa maneira, com o ardor carnal das primeiras ou das últimas vezes. De novo eu me agarrei desesperado à sua cabeleira, em vão. Só duas horas depois, destruídos de prazer, é que pudemos recomeçar a falar. Ela estava nos meus braços; eu estava feliz. Conversamos naturalmente sobre o vídeo. Rama confessou seu espanto diante do fato de eu estar ainda interessado nele, visto que minha primeira reação fora digna de um puro imbecil.

— A pessoa que talvez possa te ajudar a descobrir de quem se trata está disponível esta noite. Devo vê-la em breve. Quer vir comigo?

— Você não quer que fiquemos aqui, só você e eu?
— Não.
— Imagino que seja alguém com quem você se deita.
— Imaginou certo.
— Eu me recuso. Não tenho a mínima vontade de conhecer um de seus amantes. Suporto bem a ideia de que você os tenha, mas não sei em que estado ficaria ao conhecê-los.
— Então fique aí, problema seu. Aliás, quem disse que é um homem? Você não sabe o que está perdendo. Uma beleza rara e singular. Você ia gostar dela, tenho certeza.

Sorrindo, Rama se desembaraçou suavemente de meus braços e, num pequeno salto, deixou a cama. Na penumbra do quarto, seu corpo desnudo, ali, do jeito que eu via, suas costas, seus ombros, suas nádegas cheias como a lua, suas pernas, seu corpo frágil porém sempre vitorioso sobre o meu, parecia um sonho maravilhoso chegando ao fim. Dissipando-se. Ideia insuportável. Levantei-me para impedir que escapasse de mim.

*

Rama não tinha exagerado: Angela Green-Diop era de uma beleza absolutamente única. Tinha cabelos bem curtos, raspados, e um pequeno piercing no nariz. Esse detalhe dava-lhe um ar ambíguo, que poderia ser qualificado, não sem hesitação, como angelical ou perverso (muito mais tarde, pensando nessas palavras, concluí que nada impede a existência de anjos perversos). Pequenas pintas castanhas, que de início seríamos estupidamente tentados a numerar, recobriam todo o seu rosto, um rosto-galáxia, com uma profusão de estrelas e dois grandes olhos azuis por sóis. Acima do seio esquerdo, estava tatuada a flor multicolorida de uma planta carnívora. O caule da planta desaparecia na sombra do caminho que se abria entre as duas arcadas nascentes dos seios; e, nos mamilos, debaixo da blusa preta sem sutiã, adivinhavam-se as formas de dois outros piercings. Angela era mestiça, de pai senegalês, antigo diplomata na época de Senghor[13], e de mãe americana, psicanalista. Defendeu sua tese de Direito em Yale e, depois, decidiu voltar. Desde então passou a trabalhar em Dakar para a Human Rights Watch.

Angela era alegre, divertida, radiante, solar e, para completar, doida. Fazia piadas infames irresistíveis, contou-me dos Estados Unidos, fazia-me perguntas, respondia às minhas. Simpatizamo-nos fácil, sem embaraço, sem desconfiança, sem aquela forma de reserva e de pudor exagerados que tornam muitas das mulheres daqui quase inacessíveis. Ela zombou do meu sotaque ao falar inglês, dizendo-me que me achava fofo, respondendo com *"I know"* ao lhe dizer que era muito bonita.

Formamos um estranho trio de amantes, cujo núcleo era Rama. Angela, naturalmente, sabia quem eu era. Nenhuma rivalidade, porém, brotou, nós não nos detestávamos de maneira alguma. Muito pelo contrário, parecíamos sentir um grande prazer ao nos encontrar, ao nos reunir, num gesto de partilha, em torno do que nos era precioso. Tive a súbita impressão de compreender Adja Mbène e minha mãe.

Rama ficou com vontade de dançar, e nos convidou. Angela respondeu estar bêbada; quanto a mim, eu dançava mal demais para me aventurar na pista. Ademais, tinha vontade de falar mais um pouco com Angela. Embora houvesse bebido, ela ainda parecia

---

[13] N.T. Léopold Sédar Senghor (1906-2001), poeta, político e intelectual, foi o primeiro presidente do Senegal, entre 1960 e 1980.

perfeitamente capaz de manter uma conversa. Rama nos chamou de velhotes e desapareceu na massa de corpos em movimento.

— Você é bissexual? — perguntei de imediato a Angela.

— *Of course*. Só um louco não aproveitaria por inteiro o prazer que o ser humano, homem ou mulher, pode obter e experimentar. Não quer tentar com um homem? Você vai se surpreender.

— Não, obrigado. É com mulheres que encontro toda a minha felicidade.

— É o que você pensa. Vocês, homens, nos idealizam demais. Não insisto, *but you are missing a lot*.

— Prefiro não saber. Não tenho a mínima vontade.

— É a própria definição do fundamentalismo, do confinamento em si mesmo, disse ela antes de um gole de cerveja. Você aceita a homossexualidade, pelo menos?

— Aceitar, não sei. Mas tenho certeza de não a conceber.

— Não admitir, não conceber... *I see no difference*. Sutilezas. Diga de uma vez que você é homofóbico, será mais simples.

— Não, absolutamente. É que, desde que você seja um homem, não sei como é possível amar senão um corpo de mulher. Não odeio os homens homossexuais, para mim eles constituem uma estranheza, não porque me incomodem de um ponto de vista moral ou religioso, mas por me desconcertarem numa perspectiva estética. Não compreendo, jamais chegarei a compreender a atração deles pela aspereza do corpo masculino, sua teimosa platitude, seu relevo desprovido de colinas, sua topografia sem vertigem, sua escultura esparramada...

— Que poeta...

— Sempre senti mais compaixão e indulgência pelas lésbicas — continuei, ignorando o seu comentário irônico. — A homossexualidade delas me parece menos escandalosa. Mais suportável. Não sinto nenhum desgosto diante da ideia de corpos femininos que busquem juntos o prazer e a harmonia. Cheguei a assistir a alguns vídeos pornôs com lésbicas, são excitantes... Mas quando se trata de homens, tenho que fechar os olhos. Talvez eu seja homofóbico, mas homofóbico por paixão estética, homofóbico por amor às mulheres e sua beleza... não é a ideia do amor entre dois homens que me incomoda, mas a de um amor físico. Você me entende?

Ela me fitou por alguns segundos calada, balançando lentamente a cabeça, os lábios fazendo beiço de profunda comiseração. Mas eles logo se desfizeram e um brilho de combate se acendeu em seu rosto, um riso breve e seco como um estalido de fósforo antecedeu sua réplica:

— *Definitely stupid! Definitely!* Isso que você chama de homofobia estética não passa de uma prisão da sua cultura tradicional e religiosa senegalesa, uma prisão na qual o corpo feminino, idealizado, reduzido à sua forma pura, permanece sendo o único corpo sexualmente desejável e digno de fantasias. Não importa o que você diga, tudo isso é ainda muito moral, muito religioso, muito cultural. *I'm not really surprised by your speech, though.* Sua opinião faz parte daquelas que irrigam com freqüência o discurso homofóbico. Você só diz com mais erudição, *that's it.* Pelo menos, você se limita a manifestar a sua aversão pela erotização do corpo masculino por um outro homem, você não sai matando nem batendo... ao menos espero! Mas não pense que sua opinião não seja violenta. Ela é.

— Talvez. É a minha cultura que quer assim. Minha tradição e minha religião.

— Suspeito que, na sua mente, não haja homossexualidade na sua cultura.

— Em todo caso, não li em lugar nenhum que ela faça ou não faça parte dela.

— *Bullshit!* (Ela se tornou irresistivelmente sensual ao canalizar sua vulgaridade em inglês com aquela voz grave.) Não é porque você não leu em nenhum lugar que isso não esteja escrito ou não seja verdade. Provas existem. Basta se interessar um pouquinho pela pesquisa antropológica sobre a questão da homossexualidade na África para se dar conta de sua presença no continente antes da colonização. Séculos antes... Desde sempre! Os senegaleses e muitos outros africanos nada sabem disso. *They don't wanna know.* Eles se fecharam na ideia de que seus países constituam um espaço puro, historicamente heterossexual. Isso lhes dá segurança. Eles acreditam nesse mito, e não procuram saber mais. É o próprio significado do fundamentalismo, como já disse. O argumento da ausência histórica da homossexualidade na África já foi há muito tempo desmontado pela pesquisa. O problema é que tais fatos são conhecidos apenas por uma minoria de pesquisadores, que abordam o tema em revistas de audiência restrita, pois não ousam falar disso nas tribunas destinadas ao grande público. Têm medo. Mas as provas estão aí...

— Um instante, interrompi-a. Será que...

Naquele momento, ergueu-se um clamor imenso, em cuja onda minha voz se afogou. Eram as primeiras notas que soavam de uma canção na moda. Na pista de dança, Rama atiçava todos os desejos. Dançava livremente, de olhos fechados, sem reserva, misturando a força à graça, e seus cabelos se espalhavam, caindo nos ombros, cobrindo-lhe o rosto, chicoteando os dançarinos ao lado que, longe de se zangarem com ela, queriam ainda mais...

— *What?* — me disse Angela assim que pudemos de novo ouvir o que falávamos. — Eu dizia: será que você pode me dar exemplos precisos, detalhes? Exemplos de homossexualidade no Senegal ou na África em geral, antes do período colonial?

— *Incredible*, esse raciocínio. Como se a África não pertencesse à humanidade. Não há nenhuma razão para que haja um regime de exceção aqui no que diz respeito às práticas e costumes humanos, quaisquer que sejam. Sobre a homossexualidade… há vários escritos e trabalhos, *you know*… Informe-se. Isso o vai edificar. No entanto, *even if it's sometimes necessary*, acho cada vez mais absurdo dever recorrer à história da homossexualidade na África para combater a homofobia. É um falso combate, pois quem odeia os homossexuais não está nem aí para o fato de a homossexualidade estar presente faz mil anos. *He doesn't give a single fuck!* Os que odeiam os homossexuais neste país falam de pureza histórica porque é cômodo: isso lhes permite acusar mais uma vez o branco pela responsabilidade daquilo que eles consideram um mal importado. Esse sistema não diz respeito só ao Senegal: cada povo de cada país do mundo acusa o estrangeiro, o bárbaro, de ser a causa da sua decadência. Daquilo que ele considera ser decadência. Demonstre pacientemente, com o mais irrefutável rigor científico, a um senegalês homofóbico que as práticas homossexuais estão presentes aqui desde sempre, e aí? *And so what?* Você acha que ele vai deixar de ser homofóbico por causa disso? *Nope Sir*. Corremos o risco de que ele se torne ainda mais que antes, que ele se feche ainda mais. A homofobia não necessita de pretexto histórico. Nem sei se ela necessita mesmo de algum pretexto: ela simplesmente odeia. O homofóbico acaba por esquecer as razões que comandam seu ódio. Faça uma pequena experiência, ande na rua e pergunte às pessoas por que elas odeiam justamente os homossexuais: elas vão lhe responder "religião!" sem poder dizer algo a mais. Elas vão lhe responder "isso não pertence à nossa tradição" sem exemplos precisos. Hoje em dia, no Senegal, é o princípio profundo e psicológico da homofobia que precisa ser desconstruído. Não é uma mera questão de presença histórica. É mais fundo que isso.

— Mas não é que todo mundo seja cegamente homofóbico. Acho que algumas pessoas estariam dispostas a rever seu julgamento caso pudessem se informar melhor sobre a história da homossexualidade aqui.

— Oh no, Jesus, please, wake up, guy!

— Além disso, continuei, apesar da mímica de americana livre e ultrajada, não diria que as pessoas, como você parece achar, tenham perdido de vista a razão pela qual elas rejeitam a homossexualidade. Elas sabem que é uma questão de religião, e mesmo que não sejam capazes de citar os versículos exatos do Corão ou passagens da Bíblia relativas a uma condenação moral da homossexualidade, elas sabem que isso foi proscrito por Deus. Isso lhes basta. A rejeição por parte delas revela a sua fé. E fé, não acho que você possa "desconstruir", como diz... Essa mania ocidental de querer desconstruir tudo... em suma. Lembre-se: a afirmação da homossexualidade será sempre combatida aqui.

— Mas a homossexualidade já está aqui!

— Nesse caso, sua proliferação será combatida. Que ela se dissemine por outros lugares, desde que não se instale aqui, eis o que muitos de meus compatriotas dizem e desejam. E isso eu posso compreender.

— Eu não. *I can't understand* que alguém morra, seja agredido ou jogado numa prisão só por viver, no âmbito de sua privacidade, sem que se lhe imponha, uma sexualidade que ele não escolheu.

— Que ele não escolheu… Muita gente exigiria provas disso aí. E isso, aliás, seria um esforço perdido. Você tem razão: não se trata de uma questão de lógica, mas de irracionalidade. Não queremos homossexuais, e basta. Não precisamos necessariamente saber por quê. O humanismo de nada serve nesse ponto. No lugar dele preferimos, repito, uma convicção ainda mais forte: a fé. Não subestime a força dela.

— Subestimar? *It's a joke, right?* Como posso subestimá-la quando vejo o que ela é capaz de fazer aos meninos que se trancaram dentro de si? É essa mesma fé que justifica a inquisição, a intrusão na vida particular. Em breve eles virão verificar dentro das casas quem é devoto e quem não é, quem reza e quem não reza, *who is fucking who, in which hole, in which position and for how fucking long…* Uma fé que ultrapassa a intimidade para… *How can I say it? Pretend to rule* o espaço público, essa fé se torna totalitária. Completamente o avesso da fé…

— Em matéria de homossexualidade, a percepção social é sempre relativa aos espaços, às culturas, às tradições. Esse relativismo é inevitável.

— Mas é também perigoso. Todo mundo parece dizer, numa unanimidade *stupid*, que cada país tem suas próprias realidades, *and all those shitty true stuffs*. Mas isso não justifica cessar de salvar a vida dos gays. Devemos lutar para que eles possam viver, e viver como os outros em sociedade. Esse relativismo total é terrível: então não há nenhum absoluto? Nada acima das particularidades e dos particularismos? Então não há mais nada de sagrado aqui? *Even not the human life?*

— Não acho. Para um devoto, a ideia de Deus será sempre maior que a vida de seu irmão humano. Ainda mais se esse irmão é homossexual. Se Deus pedir que ele não tenha piedade dele, o devoto não a terá, simplesmente por ele acreditar em Deus antes de tudo. É justamente aquilo que está na base da fé de várias pessoas: obedecer a Deus, mesmo se...

— *Oh, God. Shut up, please.*

Rama chegara naquele exato momento, interrompendo a conversa.

— Então, ela te informou? — perguntou-me.

— O quê?

— Do vídeo, ela te informou? Você queria descobrir quem era o pederasta desenterrado, não era? Era justamente por isso que você queria ver a Angela! Não, você não perguntou! Mas do que vocês falaram todo esse tempo?

Embalados pelo nosso debate, havíamos nos esquecido de falar sobre a razão principal da minha vinda. Fiz a pergunta sem demora. Angela me disse que de fato sabia quem era o homem e onde ele morava. Ela prometeu me telefonar nos dias seguintes para que fôssemos visitar a família dele. Eu lhe dei meu cartão de visita.

— Mas, nesse meio tempo — disse-me ela enquanto guardava, — vá a esse endereço e converse *with this guy*. Ele está lá quase todo domingo à noite. Isso talvez possa fazer evoluir as suas opiniões, que, a meu ver, *sorry my dear*, são um pouco reacionárias.

Ela me passou um pedaço de papel com a indicação de um endereço, bem como a foto de um homem maduro.

— Acho que você o conhece. Os senegaleses o conhecem, de todo modo. Trabalhamos muito com ele. A experiência dele é preciosa, ele sabe muitas coisas sobre a condição homossexual por aqui. É um caso à parte neste país.

Apesar de seu aspecto diferente, livre da peruca e da maquiagem, reconheci Samba Awa Niang, o animador de *sabar*.

*

A noitada durou toda a madrugada. Quando saímos do bar, um facho branco iluminava timidamente o fundo do céu. Angela não morava longe. Ele sugeriu que fôssemos a seu apartamento para terminar a noite ou começar o dia. Eu recusei.

— Você é decididamente mais estúpido do que eu imaginava — rebateu Angela, dando-me um tapinha na bunda. — Você tem a companhia de duas deusas, e você recusa? Será que você é gay no final das contas? *C'mon boy!*

Ela estava um pouco bêbada, e sua beleza decuplicara. Todo o seu corpo expressava uma liberdade e uma inconseqüência que eu sabia jamais poder possuir um dia. Pensava naqueles músicos de fim de festa que, diante de alguns amadores que os acompanham de madrugada e dois ou três beberrões adormecidos, improvisam, numa distensão que só a exaustão extrema torna possível, árias suntuosas que jamais serão reproduzidas, que eles jamais saberiam reproduzir e, por isso mesmo, tocam como se a morte os aguardasse depois da última nota. Angela flutuava. De braço dado com ela, Rama dançava, bêbada também, aérea, bela e intocável. Olhava como caminhavam à minha frente, enganchadas uma à outra como dois anéis de ouro, titubeando, dando a cada passo a impressão de cair e, ao mesmo tempo, de decolar. Em poucas horas, eu me tornaria o único homem na face da terra a recordar de sua beleza naquele instante, o que me preenchia de uma profunda melancolia. Fazia frio. Estávamos próximos do mar. O barulho das ondas chegava até nós, e eu poderia até jurar que o Atlântico nos esperava a cada esquina, pronto para nos levar para longe.

— *So?* — disse Angela, após caminhar por alguns minutos.

— Você vem? Moro por ali. (Ela apontou para uma travessa.)

Paramos. Ambas me olharam com sorrisos convidativos. Mas o que eu via no rosto delas só pertencia a elas. Para mim, era inacessível. Eu estava próximo, porém excluído. Elas constituíam um quadro realizado por um grande mestre — *duas mulheres no fim da noite* —, uma obra-prima, e eu não passava de um espectador que contemplava, dominado pelo esplendor daquela pintura viva. Eu teria colocado a perder toda aquela magia se as houvesse acompanhado, se tivesse tentado entrar no quadro. Embora as desejasse loucamente, incomodar sua harmonia com o meu desejo sem graça teria significado enfear o mundo. Beijei cada uma delas, longamente, Rama primeiro, Angela em seguida; depois, em silêncio, tomei o caminho de casa.

Enquanto me distanciava, ouvi a voz de Angela:

— *Well, ele é special,* o seu amigo. *Love him.* Mas ele foi embora. Só ficamos nós. Venha!

E, enquanto caminhava para casa pelas ruelas da capital, em que os primeiros vendedores ambulantes misturam suas sombras às das últimas putas — que os fiéis do *fajr*[14] amaldiçoam e desejam com o canto do olho — rememorei os acessos de riso que elas tiveram enquanto mergulhavam na escuridão da rua, o riso claro e cristalino de Rama, o riso grave e sensual de Angela, ambos dese-

---

[14] Na religião islâmica, a primeira prece do dia, realizada durante o alvorecer.

jáveis, ambos transbordantes de um desejo puro, atingindo meus ouvidos no alvorecer como os chicotes de Xerxes no mar Egeu. A imagem de seus dois corpos nus, exaustos de amor, adormecidos numa paz absoluta como se aguardassem uma morte feliz, me acompanhou durante todo o trajeto.

10

O elã de minha nova fé recuperada ainda não havia passado. Voltaria à mesquita sexta-feira. Apesar da maneira um pouco brutal de nossa última despedida, meu pai, no dia anterior, me dissera que El Hadj Abou Moustapha Ibn Khaliloulah "Al Qayyum" estava de volta e que ele havia pedido que um máximo de fiéis se apresentassem na reza daquela sexta-feira, pois, aparentemente, teria uma mensagem da maior importância para transmitir.

"Al Qayyum" continuava sendo a grande referência religiosa do bairro. A seu pedido, todos viriam. Ademais, corriam rumores de que ele tencionava reagir à prédica precedente, do meu pai.

Ele apareceu.

Tinha um aspecto exausto, de cansaço extremo. Havia uma sombra sobre seu rosto, a silhueta de um anjo sinistro esticando as asas negras. Seus olhos, outrora vivos e rígidos, estavam apagados. Como o último crepitar do fogo de uma antiga lareira. No entanto, restavam-lhe ainda forças para se mover, mesmo que com dificuldade, apoiado discretamente, de um lado, por um de seus assistentes. Ele se instalou na cadeira em que reinara majestoso por quarenta anos ininterruptos. A prédica começou. Naquele instante, um homem careca (com uma calvície realmente horrorosa), alto, de rosto comprido, com um olhar meio bovino, colocou-se ao lado de "Al Qayyum", ligeiramente recuado. Compreendi imediatamente quem era ele e qual sua função: era um *jotalikat*.

Curiosos personagens, na verdade, esses *jotalikat*, que sempre me fascinaram. Ao pé da letra, poderia traduzir *jotalikat* como "transmissor", ou "passador". Mas o que é que ele passa? O que transmite? Uma mensagem que, na origem, não é audível, cujo volume sonoro é fraco demais para que se possa escutar de longe. Mais que meros transmissores, os *jotalikat* são amplificadores de som, alto-falantes humanos, porta-vozes. Tarefa singular, mas que desempenham com probidade e, até mesmo, como veremos, certo talento. Os *jotalikat* intervêm com freqüência junto a dignitários religiosos (ou políticos) quando estes ficam cansados, enfraquecidos, idosos demais ou doentes durante um discurso que, no entanto, devem proferir diante do público, num local em que a qualidade da acústica em geral não é adequada. Para que todos os presentes os escutem bem, esses dignitários lançam mão de seus fiéis intermediários, encarregados de transmitir a sua palavra e a sua verdade. A afetação não se acha ausente dessa prática no caso dos detentores de poder. É necessário ver o marabuto, faustosamente vestido, deixar pender com negligência a cabeça, o ar atento e ao mesmo tempo mais ou menos desdenhoso, na direção do ouvido alerta do *jotalikat* e lhe sussurrar com indiferença algumas palavras. Há ali uma postura divertida de velho monarca.

E depois o *jotalikat* transmite. Digo bem ao dizer "transmite". O *jotalikat* não repete: por mais que assim pareça, ele não é um papagaio; sua repetição não é mero psitacismo. Longe disso: o *jotalikat* é um griô sem talento, um mestre imperfeito da língua, um poeta menor e frustrado. Sonhando ser um virtuoso da linguagem, ele infelizmente não passa de um *jotalikat*; ele adoraria experimentar a glória do autor, mas esse desafortunado só tem direito, nos bastidores, ao modesto papel de transmissor. Tragédia de um destino artístico arrasado. Porém, não falta talento ao *jotalikat*: alguns ele possui, embora não o bastante para se tornar um comunicador reconhecido. Ele então exerce como pode o talento que tem na arte da linguagem por meio de seu ofício de *jotalikat*. Mais que simplesmente repetir as palavras do marabuto, ele as enfeita, enriquece, embeleza. Orador fracassado, o *jotalikat* toma liberdades retóricas enquanto interpreta a fala original do Poderoso, por vezes com uma audácia surpreendente, mas sempre no limite do razoável, claro. O *jotalikat*, mestre em hipérboles, exagera; ele subentende, especialista em eufemismos; ele adorna, desdobra, encomprida, faz a frase fluir. Se o marabuto alerta, o *jotalikat* aterroriza e ameaça; se o primeiro aconselha e recomenda, o segundo obriga e constrange. A transmissão é a ocasião que o *jotalikat* tem para se liberar: é uma desforra poética, uma vingança pela sua porcaria de vida. No final das contas, o *jotalikat* assume importância capital nos sistemas tradicionais de comunicação: é pela sua boca que a palavra do monarca, do marabuto, do dignitário se consome plenamente, se realiza como palavra aos ouvidos dos súditos ou fiéis.

"Al Qayyum" pendeu ligeiramente para a esquerda, onde o *jotalikat* já se encontrava a postos. Da fileira em que eu estava, distinguia confusamente as palavras de El Hadj Abou Moustapha. Mas o seu *jotalikat* se encarregava de as fazer ecoar.

— Cumprimento cada um aqui presente por (inaudível) ... Estou feliz em (inaudível) suas preces me ajudaram — disse El Hadj Abou Moustapha.

— El Hadj Abou Moustapha Ibn Khaliloulah "Al Qayyum" disse que, após ter dado graças a Deus e ao seu profeta Mohammadou Rassoulalah, cumprimenta a cada um de vocês, homem, mulher, criança, velho, por seu sobrenome e prenome. Ele disse que ficou emocionado de alegria por revê-los tão numerosos, e os agradece por terem respondido a seu chamado. Ele se desculpa profundamente por não ter podido vir conduzir a prece da sexta-feira passada. Como sabem, ele estava um pouco adoentado, porém guarda convicção de que suas orações muito o ajudaram, disse o *jotalikat*.

— Ainda estou um pouco doente, mas (...) para falar de algo que El Hadj Majmout Gueye abordou (...) me relataram, disse El Hadj Abou Moustapha.

— El Hadj Abou Moustapha Ibn Khaliloulah "Al Qayyum" disse que se sente ainda ligeiramente adoentado, seu peito continua a lhe fazer mal, mas que fez absolutamente questão de estar entre nós hoje. Felizmente, os médicos lhe deram permissão de sair, o que lhe dá a feliz ocasião de lhes falar de um assunto que o imame da sexta-feira passada, El Hadj Majmout Gueye, evocou durante a prédica. Sua mensagem foi relatada a "Al Qayyum". Ele deseja abordar o tema de novo, disse o *jotalikat*.

— O assunto está relacionado aos homossexuais, disse "Al Qayyum".

— Esse assunto gravíssimo, que nos diz respeito enquanto muçulmanos, enquanto senegaleses, enquanto escravos do Senhor, é o terrível assunto daquelas criaturas malfazejas que são habitadas pelo diabo: os homossexuais, disse o *jotalikat*.

— Vocês se lembram de todos (ataque de tosse...), de todos os fatos abomináveis que aconteceram no ano passado. O primeiro foi um casamento entre vários homens... começou o velho imame.

— El Hadj Abou Moustapha lhes recorda, mesmo se alguns dentre vocês ainda guarde o fato na memória, que alguns meses atrás um bando de homossexuais foi surpreendido enquanto se casava. Reunião abjeta de depravados, que deu origem a uma longa série de escândalos, de blasfêmias, de horrores envolvendo homossexuais, filhos da maldição, bastardos, raça degenerada corroída pela luxúria, que Deus os queime no inferno. Esses atos são contra a natureza, contra a decência e o pudor religiosos, contra a beleza e os valores do Islã. Eles são absolutamente proibidos por nosso Senhor, disse o *jotalikat*.

— Aqueles homossexuais tiveram sorte, eles foram apenas presos. O juiz foi clemente demais. Se houvessem seguido os preceitos religiosos, que se devem (...) deveriam ter sido mortos, afirmou "Al Qayyum".

— El Hadj Abou Moustapha lamenta que aqueles homossexuais demoníacos tenham só sido presos. O juiz que os condenou não faria ele mesmo parte do lobby que os protege? Não teria ele fingido enviá-los para a prisão para os manter vivos? Pois se houvéssemos seguido os preceitos da lei islâmica fundamental, eles deveriam ter sido mortos, simplesmente. Hoje em dia, o assunto continua atual pois a sentença não foi severa o bastante, transmitiu o *jotalikat*.

— Os *góor-jigéen* devem ser expelidos de nossa sociedade. E caso se recusem a partir, nós os (...) à força para que se juntem ao silêncio dos cemitérios. É necessário simplesmente eliminá-los da vida. É o que a Xaria prescreve, disse o imame.

— Devemos matar todos os homossexuais! — resumiu o *jotalikat*.

— Quanto a esse problema (terrível ataque de tosse), não cabe discussão, é inconcebível discutir com quem quer que seja. Não cabe piedade. Não devemos nem mesmo orar por eles!, empolgou-se o velho.

— A todos aqueles que imaginam que a discussão seja a solução do flagelo homossexual, El Hadj Abou Moustapha responde que não há espaço para debate. Devemos suprimi-los, expulsá-los! Deus nos recomenda isso, a nós, muçulmanos. O Senegal, graças a Deus, jamais conheceu a homossexualidade em sua história. É algo de ilícito, mas que não surgiu entre nós. É algo que não pertence à nossa tradição! Eles nem merecem as nossas preces.

— Devemos orar a Deus para que Ele nos ajude a não perdermos o caminho da fé. Devemos redobrar nossas preces, para que Deus não nos esqueça.

— Devemos matá-los todos! — resumiu o *jotalikat*.

— Está escrito que um dos sinais que anunciam o fim do mundo é a multiplicação dos homossexuais. No Ocidente, eles têm o direito de se casar. Alguns muçulmanos os defendem. Deus Ele-mesmo, que já viu tudo, disse que (...) muitos muçulmanos se erguerão e os defenderão, renegando sua fé e seu profeta. (...) Não sejamos como esses muçulmanos ímpios. Defendamos nossa religião, nossos valores, nossas tradições. O fim do mundo não está longe, meus irmãos muçulmanos. Os homossexuais estão por toda parte. No Ocidente, eles têm agora o direito de se casar entre si. E aquilo que ainda mais convence El Hadj Abou Moustapha Ibn Khaliloulah "Al Qayyum" da iminência do fim do mundo é o fato de alguns muçulmanos defenderem, com freqüência cada vez maior, os *góor-jigéen*. Esses falsos muçulmanos não valem mais que os homossexuais. No dia do Juízo Final, o que é que eles dirão ao Senhor? Irão para o inferno, junto com aqueles que eles defendiam na terra. No momento de atravessar a ponte do destino, eles cairão sobre o limbo profundo e nas chamas do fogo eterno! Não devemos ser como esses ímpios, esses apóstatas. Devemos defender nossos valores, nossa religião, nosso Deus.

— Agradeço a vocês — disse "Al Qayyum".

— "Al Qayyum" os agradece — disse o *jotalikat*.

"Al Qayyum", visivelmente de forças exauridas, formulou algumas orações e, de súbito, seu estado pareceu se agravar. Chamaram uma ambulância, que teve grande dificuldade de chegar até a mesquita, tendo em vista o número de pessoas que havia do lado de fora. Foi necessário que o valente *jotalikat*, utilizando-se do microfone destinado ao muezim para chamar os fiéis, emitisse instruções autoritárias para que liberassem o acesso à entrada da mesquita. Um "Al Qayyum" moribundo, acompanhado de dois assistentes, foi levado para dentro da ambulância, que partiu na direção do hospital Abass Ndao. No meio de toda aquela desordem, havíamos quase nos esquecido da prece propriamente dita. Era nisso que eu pensava quando vi Mohammadou Abdallah sair do lugar, ostentando um rosto severo mas triunfante. Ele se pôs no lugar do imame. Era ele, daquela vez, que El Hadj Abou Moustapha Ibn Khaliloulah escolhera para conduzir os fiéis.

No momento em que nos levantamos todos para rezar, observei meu pai. Jamais vi, contudo, tanta dignidade no rosto de um homem que acabara de ser publicamente desaprovado, humilhado.

*

Falou-se ainda por muito tempo sobre a desgraça do meu pai, que foi submetido a um crescente isolamento. Quase senti pena dele. Sempre que saía, ele caminhava em meio a zombarias, rumores, palavras de baixo calão, olhares hostis. Seus antigos apoiadores o abandonaram, um após o outro, a fim de orbitar na esfera de Mohammadou Abdallah, que se tornara o homem forte do bairro. Outrora tão popular, meu pai agora era apenas aquele que havia *recomendado rezar por um homossexual*, um mal-amado. Na mesquita, ele não ficava mais na primeira fileira, nem nas seguintes, aliás: ele se tornara mais um fiel entre os outros, perdido em algum lugar no meio do público, isso caso conseguisse encontrar um lugar. Mohammadou Abdallah, que passara então a conduzir as preces de sexta-feira, não só não lhe dirigia mais a palavra como fazia questão, em cada uma de sua prédicas, de o alfinetar. Meu pai não baixava a cabeça, não dizia nada; nem sei se sofria. Pois, estranhamente, aquele isolamento e marginalização pareciam reforçar sua fé. Cheguei a surpreender em seu olhar uma espécie de alívio, como se a decisão de "Al Qayyum" o houvesse libertado de um peso. Ele era quase sublime em sua solidão, da qual parecia extrair uma obscura serenidade. Quando lhe perguntei como estava se sentindo com tudo aquilo, ele me respondeu que a única lição a ser extraída daquele episódio era o fato de que, aqui embaixo, um homem não é nada, e que só Deus é tudo. Não sei exatamente o que ele quis dizer. Tudo o que eu sabia é que ele, tão ortodoxo e tão rigoroso, capaz de me desenterrar sem pá nem picareta, com as próprias mãos, se eu fosse homossexual e me houvessem enterrado num cemitério muçulmano, ele, tão severo, havia sido por outros considerado permissivo, demasiado flexível quanto à questão homossexual. País sagrado.

Algumas semanas depois, El Hadj Abou Moustapha Ibn Khaliloulah "Al Qayyum" morreu. Seu funeral foi grandioso. Mohammadou Abdallah, naturalmente, tornou-se legitimamente o novo imame.

11

Lembrava-me perfeitamente de todos os "fatos abomináveis" aos quais "Al Qayyum" fizera referência em sua última prédica. Todos ocorreram num espaço de poucos meses, formando uma série de escândalos em torno da homossexualidade.

O primeiro ocorreu em 4 de março do ano anterior. Naquele dia, os jovens de um bairro residencial de Dakar flagraram um grupo de homens festejando um casamento. Vários dentre eles, vestidos como príncipes, entraram uns após os outros num imóvel elegante. Aquele curioso desfile intrigou os jovens, ainda mais que aqueles homens adentravam todos no imóvel com um misto de pressa e nervosismo, como se temessem ser percebidos. A ideia de que fossem homossexuais germinou de imediato na mente dos moradores. Os jovens esperaram a noite cair para penetrarem de surpresa no apartamento em que aquelas figuras nos trinques haviam entrado. Segundo seu testemunho, ali eles encontraram quatorze homens celebrando uma união. Os jovens não tiveram o reflexo de chamar a polícia de imediato. Sob o impacto da repulsa e da indignação, eles desceram o braço em todos. Um dos supostos noivos perdeu um olho no episódio. Seu cônjuge pulou pela janela para escapar ao linchamento e se viu com as duas pernas quebradas — o apartamento ficava no quarto andar. Os infelizes, porém, ignoravam que, lá embaixo, um segundo grupo de jovens montavam guarda, para evitar que os homossexuais tentassem fugir do imóvel. O ferido foi espancado com selvageria e, além das duas fraturas nas pernas, ele teve ainda quatro costelas quebradas e perdeu sete dentes. Os outros convidados ao casamento ficaram todos mais ou menos seriamente feridos. Um deles entrou em coma. Os restantes foram julgados, condenados a cinco anos de prisão em regime fechado e a uma multa de um milhão e quinhentos mil francos cada por "atentado ao pudor, atentado contra a natureza e associação ilícita".

Pouco mais de um mês depois, outro escândalo se seguiu ao casamento dos *góor-jigéen*. Em 13 de abril, um internauta chamou a atenção da imprensa para a presença, num site pornográfico, de um vídeo em que duas lésbicas senegalesas se revezavam lambendo a buceta uma da outra, apimentando suas travessuras com expressões lascivas em wolof, a língua nacional do país. O internauta afirmou ter descoberto aquele vídeo por acaso, claro. Ele também acabou viralizando. E como as duas mulheres haviam tido a excelente ideia de mostrar seus rostos, teve início uma verdadeira perseguição. *Dead or alive*. Suas cabeças foram postas a prêmio. Associações religiosas prometeram recompensas a quem quer que identificasse ou ajudasse a identificar as duas sapatonas malditas. Houve inúmeras denúncias, na maior parte das vezes falsas. Muita gente alegou conhecer alguém que conhecia alguém que tinha sido o namorado da irmã mais velha de uma das moças. Prisões arbitrárias se multiplicaram. E se uma mulher tivesse o mau gosto de se parecer com uma das acusadas, sua vida se tornava um inferno. Houve por conta disso enganos lamentáveis. Uma dezena de sósias das duas pecadoras se viram atrás das grades ou em leitos de hospital. As duas moças do vídeo jamais foram encontradas. Soube-se, algumas semanas depois da caça às mulheres, que elas haviam encontrado um meio de fugir do país no momento em que souberam que o vídeo havia sido visto "por acaso" pelo inocente internauta.

Em 29 de maio, a foto de um jovem cantor famoso, uma das mais novas estrelas da música, estiloso e apaixonado por moda, mostrava-o segurando uma bolsa de uma marca célebre, muito chique, mas que teve o azar de se parecer com uma bolsa feminina. Isso bastou para que o escândalo saísse de dentro da bolsa. Aos debates ociosos sobre o gênero da bolsa (feminina? masculina? neutra? transgênero?) logo se sucedeu uma terrível suspeita: e se o cantor, de resto belíssimo, qoqueluche de todas as jovens do país, fosse homossexual? Puseram-se a dissecar as letras de todas as suas canções a fim de identificar alguma mensagem subliminar, algum traço encoberto que confirmasse a tese de sua *góor-jigéenidade*. Suas poses foram analisadas por especialistas. O caso se tornou político. Personalidades se pronunciaram. Sua mulher (pois ele era casado) deu uma entrevista à televisão, em que garantiu que seu homem estava em plena posse da virilidade, que era um verdadeiro macho, potente, de bolas enormes e dezoito bons centímetros de ferro fundido entre as pernas. Mas isso não bastou para acalmar as suspeitas. Houve marchas, manifestações. Exigiam a verdade sobre o caso da bolsa. Acusaram o cantor de ser demasiado efeminado francamente. Ele, que estava realizando uma turnê no momento em que o escândalo explodiu, foi obrigado a suspendê-la e voltar à pressas. Tinha que se explicar. Ele o fez na televisão, num programa especial que bateu todos os recordes de audiência. Naquela noite, o cantor jurou, sobre um Corão especialmente arranjado para a ocasião, que ele não era homossexual e que ele não desejava a ninguém uma tal condenação. Em seguida, para concluir o debate, ele queimou simbolicamente, diante de milhões de telespectadores, a bolsa que havia gerado toda a situação. Aquele gesto foi como um sacrifício através do qual toda a violência produzida por aquela estória foi esvaziada, exorcizada, expiada.

    Seguiu-se uma ligeira calmaria de alguns meses, mas, em 18 de setembro, uma revista sensacionalista revelou, baseando-se em fotografias, que o editorialista mais popular do país havia sido flagrado, em seu escritório, na maior diversão com um jovem de quatorze anos que vivia na rua. Enviaram o jornalista imediatamente para a prisão, mas o que mais chocou a opinião pública foi menos o crime de um pedófilo do que a culpa do pederasta (houve um tempo em que as duas palavras designavam a mesma coisa, mas passemos adiante...). Que ele houvesse forçado, por meio da corrupção de um ardil, um menor vulnerável a se deitar com ele era algo grave, mas desculpável: no final das contas, os corpos daqueles jovens talibés[15] que vagabundeiam pelas ruas do país, sem domicílio fixo, entregues a si mesmos, deveriam servir para alguma coisa. Por outro lado, que ele houvesse trepado com um homem,

---

[15] No Senegal, crianças confiadas a um mestre para o aprendizado do Corão, mas freqüentemente exploradas por aquele. Eles mendigam nas ruas para sobreviver ou para sustentar o mestre, entregues à falta de segurança e à violência urbanas.

isso era imperdoável. Tinha-se a impressão de que a vítima fosse um homem antes de nos darmos conta de que esse homem era uma criança. Atirado na lama após ter chegado ao ápice, abandonado por todos os amigos, coqueluche fracassada, o jornalista morreu como um cachorro em sua cela, de doença, de solidão, de vergonha, de desespero. Esperaram que morresse para deplorar a perda de uma mente aguçada e brilhante que havia cometido alguns erros. Pouco se falou do menino cuja vida fora destruída.

Enfim, depois de longos meses sem qualquer incidente, quando se começava a acreditar que a série de escândalos havia terminado, um jovem escritor do momento, que eu não apreciava (detestava seu estilo, demasiado clássico, pesado, por vezes preciosista, e nem gostava de sua personalidade, sua arrogância e sua pretensão dissimuladas por trás de uma falsa humildade e uma serenidade calculada), esse jovem escritor, então, publicou um romance que apresentava um homem atormentado por um desejo homossexual nascente. A crítica literária demoliu o livro, julgando-o ruim (era verdade), vulgar e sobretudo moralmente perigoso. O jovem escritor tentou explicar que ele não estava defendendo os homossexuais, mas antes procurava analisar o que se passa na cabeça e no corpo deles. Afirmou que lhe importava apenas a experiência literária e aquilo que ela lhe permitia compreender da humanidade. Ele proclamou por toda parte que se tratava de um romance, de ficção, de literatura e não de uma verdade factual. Ele insistiu em repetir que o "eu" da narrativa não era o "eu" dele, do autor. Não importa o quanto ele tenha afirmado tudo isso, ninguém acreditou nele. Acusaram-no não somente de ser financiado por lobbies ocidentais que lhe haviam dado grandes somas para defender os *góor-jigéen*, como também o acusaram de ser ele mesmo um conhecido viado (deve-se dizer que ele levava jeito) que tentava corromper a juventude com seus livros, aliás medíocres. Soltaram os cachorros para cima dele. O jovem escritor foi destruído. Ele escreveu um livrinho, num tom extremamente íntimo, em que explicou saber desde sempre que ele viveria e morreria pela literatura; em seguida, poucos dias depois da publicação do tal livrinho, ele se suicidou. Como, de resto, o herói do romance que lhe valera as críticas e acusações. Para alguns, essa semelhança entre o destino do autor e o de seu personagem homossexual avalizava a teoria da pederastia do jovem escritor. O drama é que mesmo o último livrinho, que o jovem romancista tentara sem dúvida imbuir de beleza e seriedade, me pareceu absolutamente insignificante e inutilmente enfático.

Depois desse último caso, não ouvi mais nada digno de nota sobre os homossexuais, até o surgimento do vídeo do homem desenterrado.

12

Angela tinha razão: Samba Awa Niang era um caso à parte neste país. Uma exceção. Num país majoritariamente muçulmano, em que os homossexuais estavam excluídos da vida social — e por vezes da vida como um todo —, eu não compreendia como Samba Awa Niang fora poupado, até mesmo apreciado, já que todo mundo sabia que ele era um *góor-jigéen*. Samba Awa constituía o encontro improvável, porém real entre a razão mais forte do ódio popular e a realidade mais visível da adoração pública. Ele concentrava na sua pessoa aquilo que os senegaleses mais apreciam — criaturas coloridas, modelos do folclore local — e aquilo que sem dúvida eles mais abominam — os *góor-jigéen*. Eu ignorava como era possível uma tal mistura, e isso me dava o que pensar.

Acabei eu mesmo por aceitar Samba Awa como *góor-jigéen*.

Acabei eu mesmo por incluí-lo na paisagem e na normalidade. Ali estava ele, pura e simplesmente: uma figura familiar. Até onde eu podia puxar pela memória, eu o havia sempre conhecido como tal: adornado por um lado com sua reputação de homossexual (que, aliás, ele não tentava desmentir) e, por outro lado, envolto numa certa glória pública. Podia-se até mesmo imaginar que era a sua homossexualidade que lhe havia garantido tanto sucesso.

Estava muito contente com o fato de Angela me haver dado a ocasião de o reencontrar. Tinha várias perguntas para lhe fazer.

Eu sabia que Samba Awa Niang não era mais que o produto de rumores: não se sabia nada sobre ele mas todo mundo achava conhecê-lo quase perfeitamente. Cabe dizer que o próprio Samba Awa parecia experimentar um prazer obscuro em deixar correr as fofocas sobre ele, e até mesmo alimentá-las. Os célebres amantes que se lhe atribuíam, os favores dos quais, diziam, ele gozava junto aos poderosos (ouvi dizer, aqui e ali, que ele se encontrava sob a proteção do embaixador de uma grande potência ocidental), os desvios libertinos dos quais era protagonista, os escândalos em torno de seu nome (ele parece ter sido um dia flagrado na cama de uma alta autoridade espiritual do país), todos esses mexericos não provocavam nele reação alguma: ele não confirmava nada, nem desmentia nada. De modo que os rumores continuavam correndo, a passos largos. Samba Awa tirava proveito disso tudo, cultivando a discrição sobre sua vida particular ao mesmo tempo que a exuberância em sua imagem pública.

De todo modo, os senegaleses não davam a mínima para essa diferença entre vida particular e vida pública. A seus olhos, as duas esferas não estão separadas. O que eles com certeza sabiam sobre Samba Awa — que ele animava com enorme talento os *tàanbéer*[16],

---

[16] Manifestação folclórica senegalesa. Variação do sabar.

sabar, seus números e outras brincadeiras do folclore, e que ele tinha uma escandalosa reputação de homossexual — lhes bastava. Se ele se comportava como homossexual aos olhos de todos, é porque sem dúvida ele era homossexual na vida privada, visto que, aqui, um homem só é aquilo que ele faz.

Isso produzia o seguinte efeito: quanto mais alguém fosse capaz de me transmitir o conjunto de estórias ouvidas da boca de outrem, mais difícil se tornava que alguém soubesse realmente quem era Samba Awa fora do círculo de dança. Para que saber, no final das contas? Não passava de um homossexual: ele devia viver como vivem os homossexuais.

O endereço que Angela me dera se situava no bairro do Plateau. Fui até lá num domingo à noite, como ela havia me recomendado.

*

Atmosfera veludosa. Luzes suaves, filtradas. Silhuetas de casais, de grupos de amigos, de solitários. Dois acordes de um corá invisível permeando o ar. Sussurros elegantes. Depois de dar uma volta pela sala (sem ver Samba Awa), instalei-me à uma mesa, num canto próximo à entrada, e pedi uma bebida. Samba Awa Niang chegou uma hora depois. Tive de início dificuldade em reconhecê-lo, pois nada tinha a ver com aquele homem que, algumas semanas antes, de vestido, organizara um concurso de dança obscena. Examinando-o, porém, longamente — por acaso, ele se sentara a uma mesa vizinha, de modo que pude, apesar da iluminação fraca, observar o seu rosto em detalhe — acabei por reconhecer seus verdadeiros traços por detrás da maquiagem que ostentava em suas apresentações. Seu traje era elegante, quase nobre: um *boubou* branco imponente de três peças, de um tecido opulento que farfalhava a cada gesto.

Trouxeram-lhe uma pequena entrada sem mesmo consultá-lo: era um cliente assíduo do bar. Observei-o ainda por muito tempo. Seus gestos eram lentos e precisos, desprovidos de qualquer precipitação. Quanto a seu rosto, era um dos mais infelizes que já vi. Tinha diante de mim o retrato de uma melancolia elegante e solitária, que discordava furiosamente com a lembrança do *sabar*.

— Você está me olhando desde que cheguei, meu jovem. Posso ajudar com alguma coisa?

Não havia percebido, fascinado que estava pela profundidade de seus traços, que ele me observava. Confuso, mantive-me calado.

— Pelo visto — continuou Samba Awa — você me reconheceu. Sim, eu sou Samba Awa Niang. Pode vir se sentar aqui, se quiser — disse-me ele apontando para a cadeira à sua frente.

A proposta de início me surpreendeu e, em seguida, me assustou. Fiquei perplexo por alguns segundos, sem saber se devia aceitar o convite, que seria uma ocasião inesperada para conversar com ele, ou recusar e dar no pé.

— Não se preocupe, disse Samba Awa num tom sério e distinto, como se adivinhasse minha perturbação, não vou levá-lo para a cama...

O alívio deve ter-se tornado patente na minha expressão.

— ... pelo menos não esta noite — continuou.

Ele sorriu pela primeira vez. Não foi o sorriso maroto e magnífico que a multidão exigia do seu ídolo durante o *sabar*. Foi, pelo contrário, o sorriso de um homem cansado, que na verdade não tinha o costume de esboçar sorrisos. Comovente. Levantei-me e instalei-me à sua mesa.

Mais de perto, o rosto de Samba Awa Niang me fascinava ainda mais; um rosto envelhecido, marcado, em que o sofrimento repousava em toda a sua nobreza, uma nobreza silenciosa.

— Você é jornalista?

— Não — respondi.

— Melhor.

Calou-se. O corá continuava tocando para os seis ou sete clientes que estavam no bar, incluindo nós dois.

— Não sou jornalista. Mas vim até aqui para encontrá-lo e fazer-lhe algumas perguntas. Sou amigo de Angela... Angela Green-Diop.

— Ah, que amiga querida... Então você é digno de confiança, imagino.

— Mas compreenderei se não quiser falar comigo.

Samba Awa, por sua vez, fitou-me longamente. Podia-se ler uma estranha expressão em seu rosto; não era desconfiança nem gratidão, mas uma forma de curiosidade contente, como se eu fosse a primeira pessoa, depois de muito tempo, a interpelá-lo com esse tipo de candura.

— Gosto de você, viu — disse-me ele devagar, depois de um certo tempo. Talvez eu o leve para a minha cama esta noite, finalmente.

Dessa vez, fui eu quem sorriu. Senti-me estranhamente descontraído. Um casal saiu do bar. Samba Awa permaneceu em silêncio, como se mergulhado na música. Eu sabia, contudo, que ele me aguardava falar, e que só o pudor o impedia de me perguntar o que é que eu queria exatamente. Atirei-me:

— Estive lá faz algumas semanas, por ocasião de um *sabar*. Teve um concurso de cadeira, pus-me a falar, sem saber muito bem por que mencionei o fato. Você foi ótimo. Conquistou a multidão.

— Obrigado, não fiz mais do que o meu trabalho.

— Eu queria saber — continuei, numa ligeira hesitação — eu queria saber por que todo mundo gosta tanto de você...

— Provavelmente por fazer bem o meu trabalho, imagino eu.

— Sim, é verdade, mas... — calei-me por um instante a fim de procurar as palavras. — É verdade que o senhor faz o seu trabalho de maneira formidável, mas eu quis dizer: por que é que gostam tanto do senhor já que todo mundo sabe que... enfim, que...

Não soube concluir a frase. Impediu-me menos o medo do que o respeito, a compaixão que eu subitamente senti por aquele homem.

— Já que eu sou homossexual — concluiu ele, calmamente.

Um nó na garganta não me deixou responder. Samba Awa sem dúvida compreendera o que o meu silêncio quis dizer.

Ele baixou a cabeça por um longo instante. Temi tê-lo ofendido, mas, no momento em que ia me desculpar, ele se endireitou e me olhou nos olhos.

— Eu não sou homossexual. Jamais tive relações sexuais, ao longo de toda a minha vida, com um homem. Fui casado com uma mulher, agora sou divorciado, tenho dois filhos.

Não deixei transparecer meu estupor. Samba Awa continuou:

— Sem dúvida, é difícil acreditar. Samba Awa Niang, o mais famoso homossexual do país, não é homossexual e, ainda por cima, tem filhos... Contudo, é a pura verdade. Não sou homossexual. Sou um travesti... Conheço todo esse vocabulário, fui obrigado a ler sobre essas coisas assim que compreendi o que estava acontecendo comigo. Tenho um mestrado em sociologia da sexualidade.

Fiquei de olhos esbugalhados.

— Sim, freqüentei cursos acadêmicos, que tive que interromper faz tempo para me tornar o Samba Awa Niang que hoje as pessoas conhecem. Conheço todo o jargão relacionado a todo tipo de sexualidade. Toda a linguagem técnica, porém, não serve para nada neste país.

Permaneci calado, sem compreender. Samba Awa prosseguiu com as explicações. Falava devagar, escandindo cada sílaba com enorme precisão. Senti que aquela clareza não era o reflexo de uma calma interior, mas de uma profunda angústia que ele só podia conter ao se impor um grande auto-controle. Era evidente que falar de tudo aquilo o fazia sofrer.

— A expressão *góor-jigéen* é problemática. Ela quer dizer homem-mulher, como você sabe. Mas o que seria um homem-mulher? Nada e tudo ao mesmo tempo. Enfiamos na expressão *góor-jigéen* toda identidade sexual que não seja heterossexual. Então sou chamado de *góor-jigéen*, mesmo termo utilizado aqui para etiquetar homossexuais, transexuais, bissexuais, hermafroditas e até mesmo homens que são um pouco efeminados ou pessoas com aparência andrógina. Sou um *góor-jigéen* por abuso e ao mesmo tempo imprecisão da linguagem. Aqui, quem não for heterossexual, é *góor-jigéen*. Não há espaço para o resto, para todos os outros tipos de sexualidade que vários homens e mulheres vivem apesar de tudo. Conheço vários deles.

— E isso o preocupa?

— Amanhã eu posso vir a ser assassinado por aquilo que não sou, mas que acreditam que eu seja por causa de uma palavra ou de rumores. Então, sim: isso me preocupa um pouco. Mas temo cada vez menos a morte. Muitas pessoas que conheci estão hoje mortas por terem sido acusadas de ser *góor-jigéen*, mesmo que fossem simplesmente efeminadas a seu modo. Sexualmente, eu não sou um homossexual.

— Mas... — pus-me a falar.

— Sim — interrompeu-me ele na hora. — Suponho que não respondi à sua pergunta. Por que é que podem gostar de mim, se, na opinião pública, sou percebido como homossexual?

Ele impôs uma pausa, e inspirou profundamente.

— Eu não sei, no fundo, o que devo lhe responder — retomou. — Eu não sei. Para ser franco, sempre que participo de um ou outro *sabar*, eu sei que posso morrer. Bastaria que esquecessem por um instante que sou eu quem anima a festa, bastaria que eu cessasse por um instante de cativar os espectadores para que eles me agredissem e me matassem. Minha vida não depende de nada. Eu a arrisco a cada apresentação. Cada aparição pode ser a última. É por isso que procuro fazer bem o meu trabalho. Invisto em mim. Cuido dos meus *taasu*, da minha aparência, das minhas perucas, as coreografias. Tudo é estudado no mínimo detalhe. Talvez seja isso que me mantenha vivo. Tem ainda outra coisa: minhas apresentações são uma brincadeira, eu me coloco em cena de uma determinada maneira. Brinco de ser outra pessoa, um personagem: é o próprio princípio do travestimento. Os espectadores acham que estou brincando, o que os faz esquecer que eu sou um *góor-jigéen*. Eles talvez achem que eu exagero no personagem. É isso também que me protege, eu acho. Jamais sou visto como um *góor-jigéen*, mas como um personagem que interpreta um *góor-jigéen*. Um dia, no entanto, talvez, a ilusão vai terminar. A verdade será revelada. Não se pode esconder nada à inquisição social. Nesse dia, a multidão vai pedir a minha cabeça, e a terá.

Samba Awa se calou. Eu também permaneci mudo, incapaz de controlar a minha mente que, depois daquela fala, explodia em mil e uma questões. Éramos já os únicos clientes; o corá silenciara sem que eu percebesse; uma garçonete limpava uma mesa, um pouco mais longe. Obtivera minha resposta, a qual porém levantava inúmeras interrogações.

— Então os rumores são falsos?

Aquela pergunta patética foi a única que consegui formular entre todas as outras que me abrasavam os lábios. Samba Awa Niang esboçou um sorriso, menos triste.

— Todos — disse-me ele. — Exceto o que diz respeito à alta autoridade espiritual, apesar de exagerado.

— Esses rumores são verdadeiros? — perguntei sem poder esconder a sede por fofocas que se apossou de mim.

— Sim, eu já me vi com ele. Nós nos encontramos justamente aqui: ele precisava desabafar por causa dos impulsos de travestimento que sentia, e temia ser rejeitado caso cedesse a eles, ainda mais no universo em que circula. Ele veio me ver de maneira espontânea e eu o aconselhei. Infelizmente para ele, havia muita gente aquele dia e algumas pessoas nos reconheceram. Foi aí que nasceram os rumores. Os restantes são falsos, jamais tive relação com homens. Aliás, divirto-me ao constatar que, nas vésperas de toda eleição, os políticos procurem desacreditar os adversários acusando-os de terem se deitado comigo. Se for assim, já me deitei com todos os membros do governo e com quase todos os da oposição. Devo dizer que esses rumores me concedem muito pouca moral e convicção política…

— Mas — retomei — o senhor dizia há pouco que foi casado e que tem filhos…

— Sim. Eles vivem com a mãe.

— O senhor os costuma ver?

— Não mais. Não posso lhes impor a vergonha da minha reputação. Nem sei exatamente o que eles esperariam de um pai travesti. Foi justamente isso que fez com que a mãe deles me deixasse… todo mês eu lhes mando dinheiro. É a única ligação que mantenho com eles. Não quero revê-los, nem às escondidas. Isso me aniquilaria, embora morra de vontade.

Apesar do tremor na voz, seu rosto guardava uma perfeita dignidade estóica.

— Não se comova com o meu destino, meu jovem amigo. Há outros mais trágicos. Você viu o vídeo daquele homem, supostamente homossexual, que desenterraram? Há quem nem mesmo tenha a chance de fazer uma escolha, e ainda menos assumi-la. Quanto a mim, eu decidi continuar me travestindo quando minha mulher me obrigou a escolher: o travestimento ou a família.

— Mas, afinal, por que a escolha de se travestir?

— Não tenho como explicar o que me levou a me travestir pela primeira vez. É algo dentro de mim, uma necessidade, o único momento em que tenho a sensação de viver. É a minha liberdade. Ela pode me matar, ela certamente me matará um dia, mas é a minha liberdade. Meu caso não é isolado. Há vários homens-mulheres que sofrem ainda mais, na sombra.

Naquele momento, a garçonete veio na nossa direção. O bar fechara.

*

Do lado de fora, fazia quase frio. Caminhamos por alguns minutos lado a lado, em silêncio. Em seguida, Samba Awa Niang me estendeu a mão com um sóbrio agradecimento. Partiu sem mesmo perguntar meu nome, o rosto sempre melancólico. Não haveria de falar de novo com ele jamais, talvez. Simplesmente, por ocasião do próximo *sabar*, estarei lá, anônimo no meio da multidão, e o observarei arriscando sua vida enquanto ilumina a dos outros. Não quero nem mesmo ouvir a estória de sua infância. Não tinha a mínima vontade de encontrar um motivo para o seu travestimento; nem de refletir sobre sua solidão e tristeza. Eu não tinha que acrescentar nada ao sofrimento que ele já sentia. Ademais, eu também precisava de um Samba Awa imaginário, desconhecido, mas que eu conhecesse de fato. Optei por imaginá-lo feliz e sem máscara.

13

    Alguns dias depois, Angela me contatou, conforme combinado, para visitarmos a família do homem desenterrado. Quase cancelei no último minuto. Mas mudei de ideia. Já fazia tempo demais que aquele vídeo vinha me obcecando. Tinha enfim a ocasião, descobrindo a identidade daquele homem, de resgatar um pouco de paz interior. Ademais, Angela tinha feito todo o possível para que o encontro acontecesse. Eu tinha que ir.

    Durante o caminho, dentro do carro de Angela, conversamos longamente sobre o meu encontro com Samba Awa. E depois fiquei em silêncio.

    — Você está imerso em seus pensamentos...

    — Sim, um pouco.

    — And what are you thinking about?

— Em nada preciso... Minhas aulas... Angela sorriu.

— Que foi? — disse eu.

— Sei que você está mentindo. Você não está pensando nas suas aulas. *You are fucking scared.* Você está com medo.

— Medo? Do quê? De quem?

— Ah, isso é você que tem que me dizer. Essa visita está lhe dando medo. Você tem medo de descobrir algo que você teme, ou de não encontrar o que espera.

— Não entendo o que você quer dizer, Angela.

— *Well, I don't know if I get it myself...* Queria dizer uma frase misteriosa, *I guess.*

Ela deixou passar um tempo antes de continuar:

— *Tell me,* por que você está fazendo isso?

— O quê?

— *All dat shit.* Tudo isso. Por que aquele homem desenterrado lhe interessa tanto? Por que você quer tanto saber quem era? Rama me contou que, até pouco tempo atrás, você se comportava com total indiferença a isso. *You didn't give a single fuck.* And now, você está a caminho da casa dele. *Man...* o que é que aconteceu nesse meio tempo? *What happened?*

Claro que essa era a questão fundamental, a que eu ainda não ousava encarar. A única questão válida. O que é que ocorrera dentro de mim para que eu me interessasse pelo destino de um homossexual desconhecido arrancado de seu próprio túmulo? Não tinha certeza de realmente saber. Não podia nem mesmo utilizar o argumento da violência a que os homossexuais são submetidos, pois eu não a conscientizava: eu mesmo tinha já exercido algumas vezes essa violência, de maneira verbal, simbólica. Não faz muito tempo, eu ainda era como a maioria dos senegaleses: tinha horror aos homossexuais, eles me davam certa vergonha. Eles me enojavam, para dizer a verdade. Talvez ainda fosse o caso. Pois, no final das contas, essa aversão estava ancorada tão profundamente em mim que suas raízes talvez estivessem fundidas ao meu cordão umbilical, no ventre da minha mãe. Mas de uma coisa eu tinha certeza: mesmo que os homossexuais ainda me repugnassem, agora era impossível negar, como eu poderia ter feito — e fiz — no passado, que eles fossem homens. Eles são. Eles pertencem de pleno direito à humanidade por uma simples razão: eles fazem parte da história da violência humana. Sempre pensei que a humanidade de um homem se torna indubitável no momento em que ele adentra no círculo da violência, seja como carrasco, seja como vítima, como caça ou caçador, como assassino ou como presa. Não é por eles terem uma família, sentimentos, sofrimentos, profissões, em suma, uma vida normal com o seu quinhão de pequenas alegrias e pequenas misérias, que os homossexuais são homens como todos os outros. É por serem tão sozinhos, tão frágeis, tão insignificantes quanto todos os homens diante da inexorabilidade da violência humana que eles são homens como todos os outros. São homens de verdade pois, não importa em que momento, a bestialidade humana pode matá-los, submetê-los à violência ao mesmo tempo em que ela se abriga debaixo de uma das numerosas máscaras desvirtuadas que usa para se expressar: cultura, religião, poder, riqueza, glória... Os homossexuais são solidários com a humanidade porque a humanidade pode matá-los ou excluí-los. Com freqüência nos esquecemos disso, ou não queremos lembrar: nós somos ligados à violência, ligados uns aos outros por meio dela, capazes de cometê-la a todo momento, a todo momento capazes de sofrê-la. E é também graças a esse pacto com a violência metafísica que cada um leva dentro de si, graças a esse pacto, mais do que por qualquer outro, que nós somos próximos, que nós somos semelhantes, que nós somos homens. Acredito na fraternidade através do amor. Acredito também na fraternidade através da violência.

O *góor-jigéen* do vídeo havia sido desenterrado por ter maculado um solo sagrado. Foi em nome da pureza que o exumaram. Uma pureza que não é somente a do cemitério que deveria ser preservada, mas a pureza das almas de todos os homens que o desenterraram ou participaram da exumação. E todas as pessoas que assistiram ao vídeo, e que não queriam ouvir falar de homossexualidade, foram purificadas por tabela. Eu também me senti purificado da primeira vez que vi o vídeo. Mas entrementes algo mudou: a ideia de que aquela purificação tenha tido por condição a dessacralização, a profanação, pela violência, do corpo de um outro homem — isso me cobria de vergonha. Era essa vergonha que eu tentava expiar. Talvez...

— Não vai dizer nada — observou Angela. Você realmente não sabe?

— Não, Angela. Quero simplesmente descobrir o nome daquele homem e seu rosto.

— Daqui a pouco. Chegamos.

Percebi naquele momento que estávamos num bairro vizinho àquele em que moravam Adja Mbène e meu pai. Angela estacionou em frente a uma casa cujo muro ruía e que não tinha mais porta. Do lado de dentro, um pequeno quintal ordenado, cujo centro era dominado por uma árvore imponente, não escondia a miséria do lugar. Só havia uma construção ainda de pé, apesar das rachaduras profundas e da pintura velha das paredes. Angela bateu à porta daquela choupana. Ouviu-se uma voz débil saindo das suas profundezas, como um grito de socorro de dentro de um poço distante.

*

Não conseguia olhar para ela mais do que alguns segundos. Cada vez que eu cruzava seu olhar, era incapaz de suportar a dor que emanava dele. Aquela dor marcava não somente seus olhos, como também cada traço de seu rosto, cada uma de suas expressões, cada gesto de seu corpo. Antes de vê-la, ali, na cama, naquele quarto miserável e despojado, jamais imaginara que um corpo humano pudesse conter, como um traje negro, tanta dor. Bastava olhar para ela para compreender que ela sofria da angústia mais sagrada que podia existir.

Era uma mulher transtornada, abatida, nem tão velha apesar do tempo que por ela passava sem deixar traços, perdida num mundo cujo sentido lhe escapara, escapara definitivamente. Assim que entramos no quarto, ela estava daquele jeito, empedernida naquele estado que nem era mais de sofrimento, descalça. Ela nos pediu que sentássemos numa esteira defronte à cama, junto à parede, e depois se desculpou por não ter nada a nos oferecer. Em seguida, voltou a mergulhar numa mudez que não ousamos interromper. Só ela conhecia as profundezas daquele poço de silêncio, onde só há solidão, sede e desejo de morrer. Um luto é um labirinto; e, no coração desse labirinto, o Monstro, o Minotauro está à espreita: a criatura perdida. Ele nos sorri; ele nos chama; queremos abraçá-lo. É impossível, a não ser que também morramos. Só um morto sabe abraçar um morto; só uma sombra sabe enlaçar outra. No coração do labirinto, o Minotauro não passa de uma sombra, um fantasma, mas um fantasma tão bonito, tão real, tão sorridente que ele quase nos convence a nos juntar a ele, prometendo-nos pôr fim à angústia que nos corrói caso o acompanhemos, caso permitamo-nos morrer. É contra isso que se deve lutar, não só contra o Minotauro cujos chifres de vento são capazes de nos despedaçar, mas sobretudo contra si mesmo, contra a tentação do suicídio. O que absolutamente não significa que, ao contrário, devamos nos apressar até a superfície, ao encontro de um sol radiante. Cabe também lutar contra a esperança de uma felicidade imediatamente possível, impelidos pela potente determinação de subirmos a ladeira, *porque a vida continua*. Que vão para o diabo! Não há absolvição a desejar, não há vida a preservar. Recusar-se de aceitar a morte dos entes perdidos é o mais belo, o mais duradouro monumento que se lhes pode erguer. Habitar na tristeza, lutar, sempre a partir dali, não contra o sofrimento, pois o sofrimento pelos entes amados e perdidos jamais cessa, mas para atingir, através desse sofrimento, o estado que só a ausência deles pode engendrar, o estado que, enquanto eles ainda viviam, não podíamos alcançar, pois eles ainda não pertenciam ao tempo das sombras: a doação absoluta de nossa memória à sua lembrança. A ascese da memória é a única maneira de lutar, a única maneira de *re-conhecer* o ente perdido por força de viver em sua companhia de sombra. Enlutar-se por alguém não significa lamentar-se numa aflição estéril, autotélica; não: enlutar-se por alguém significa tentar transformar a própria aflição numa ferramenta de conhecimento, numa via de reconstrução, dentro de nós, do mundo do defunto, reerguê-lo como um templo ou um palácio, e em seguida percorrer os corredores perdidos, as passagens furtadas, as câmaras secretas, a fim de lhes descobrir verdades para as quais permanecíamos cegos enquanto ainda estavam vivos. Um único ente nos falta, e tudo se repovoa: tal deveria ser a moral do luto; tal deveria ser o cerne da solidão dos sobreviventes...

Aquela mulher na cama, eu percebia muito bem, lutava nas profundezas de seu poço. Eu nada podia fazer para ajudá-la.

Após muito tempo se passar, ela saiu provisoriamente do labirinto e me fitou. Foi doloroso suportar o seu olhar. Em seu rosto, pude ver também o de minha mãe, o de Adja Mbène, o de todas as mães. Mas aquela mãe havia perdido seu filho, a quem recusaram uma sepultura. Sua voz retiniu subitamente, débil mas imponente no silêncio do quarto.

— Como você se chama?

— Ndéné. Ndéné Gueye. *Siggi leen ndigalé.*

— Eu o saúdo, Ndéné Gueye. *Siggil sa wàal*[17]. Angela me disse que você queria me ver. Por quê?

Não podia responder àquela mulher que eu não sabia de nada, como eu havia dito um pouco antes a Angela.

— Porque sinto vergonha daquilo que fizeram ao seu filho.

A mãe não respondeu de imediato. Ela pareceu avaliar pacientemente cada uma de minhas palavras, como se lhes verificasse a sinceridade.

— Você o conheceu? — perguntou-me ela, finalmente.

— Não. Mas quero conhecê-lo.

— Você fala dele como se ele ainda fosse deste mundo.

— Para mim ele ainda está um pouco vivo.

— Desiluda-se, Ndéné Gueye. Ele está morto. Ninguém fica

---

[17] "*Siggi leen ndigalé. - Siggil sa wàal*": em wolof, diálogo ritual por meio do qual uma pessoa apresenta suas condolências a outra, que as recebe e agradece.

um pouco vivo. Ele está bem morto e eu sei disso. Se ele estivesse vivo, você não estaria aqui.

Mantive-me em silêncio, sem saber mais o que dizer.

— Não sei se ele era ou não era homossexual — retomou. — Do fundo do meu coração, espero que não, pois eu sou muçulmana e acredito em Deus. Mas qual a importância disso afinal? Era meu filho.

Ela voltou a mergulhar no poço. Angela estava à beira das lágrimas e, em cada momento de silêncio, eu só ouvia sua respiração rápida, espasmódica, como se lutasse contra os soluços que, eu sabia, acabariam por estourar e vencê-la.

— Era meu único filho — continuou a mãe. — O pai dele morreu quando ele tinha três anos. Eu o criei sozinha. Batalhei por ele. Humilhei-me para que ele se tornasse alguém. Ele ia terminar a universidade este ano. Ignoro se ele gostava de homens ou de mulheres, mas eu me orgulhava dele. Ele me ajudava. Ele dava aulas particulares para ganhar um pouco de dinheiro. Era um filho exemplar. E, um belo dia, do nada, começaram a correr os rumores... Foi isso que o matou. Ele ficou doente de repente, de uma maneira violenta. Uma doença rápida, estranha, poucos dias depois de uma amiga revelar os rumores que corriam sobre ele... Faltava dinheiro para o hospital... O marabuto fez uma lista interminável de animais por sacrificar para que ele se curasse... Era ainda mais caro que o hospital. E as pessoas...

Sua voz se dissipou e ela fechou os olhos. Contudo nenhuma lágrima escorreu. Ela já devia ter derramado todas.

— As pessoas começaram a falar de uma doença vergonhosa... Ele tinha emagrecido... Murmuravam os nomes: AIDS, DST... Eu não compreendia. Evocavam um mal dos homossexuais... Os rumores cresceram. Sua doença alimentava as suspeitas. Se estava doente, então era um *góor-jigéen*. A partir daí, ele morreu. Angela sufocou um soluço. A mãe continuou, com uma voz cada vez mais surda e nervosa.

— Eles o mataram, e depois me impediram de o enterrar. Os rumores tinham chegado até lá. Não tinha dinheiro para colocá-lo na morgue. Queria enterrá-lo imediatamente. O imame se recusou. Ele tinha ouvido os rumores. Eu não tinha mais opção. Não contava com ninguém. Dei-lhe sozinha o banho mortuário. Eu mesma lavei meu filho morto. No dia seguinte, o cadáver começou a feder. Fazia calor. O corpo começou a inchar. O cheiro da morte. O cheiro do meu filho morto. Dormi com ele, com o cadáver dele, no mesmo cômodo, aqui mesmo. Ele estava estendido nessa esteira, exatamente onde vocês estão.

Ela indicou a esteira com um dedo descarnado. Estremeci, petrificado.

— Sim, ele estava aí... Ninguém queria enterrá-lo. Mataram-no uma segunda vez. Passaram dois dias. O cadáver continuava aqui. Fedendo... Os vermes... as moscas... tudo isso neste quarto. Aqui.

Ela apontou com o dedo para nós e repetiu: "Aí mesmo."
Naquele instante, ao sofrimento misturou-se outra coisa, uma sombra inquietante, a da insânia tranqüila. Essa mistura deformou seus traços numa expressão desumana e assustadora. Ela prosseguiu:

— Num só dia passei nos cobres minhas jóias, minhas roupas de valor, meus móveis. Em seguida pedi a dois homens, dois coveiros, que me ajudassem a enterrar meu filho em troca de dinheiro. Não lhes pude ocultar a razão pela qual a tarefa teria de ser clandestina. Aceitaram. O dinheiro compra tudo, até a repugnância.

Aceitaram. Em plena madrugada, eles vieram com uma charrete. Carregaram o corpo que eu havia envolvido numa mortalha de percal e recoberto com um grande lençol escuro. Partimos. Seguimos por desvios, evitando ao máximo cruzar com alguém. Há muitos jovens desempregados neste país, que nunca dormem. O que pensariam de nós? Uma velha charrete puxada por um asno, em plena madrugada, transportando dois homens, uma mulher e uma forma inconfundível. Parecíamos uma junta de maus espíritos. Havíamos saído do inferno ou rumávamos a ele. No cemitério, os dois coveiros observaram um canto mais afastado dos outros túmulos. Eles cavaram rapidamente um buraco, em que colocaram o corpo. Eles me deram alguns minutos de recolhimento. Eu estava tão aturdida, que não fui capaz de emitir uma única palavra de prece. Eu olhava para o corpo e chorava. Tinha vontade de me atirar na cova e pedir aos dois homens que me enterrassem junto com o cadáver do meu filho. Eles me disseram, brutalmente, que eu me apressasse: já tinha tido muita sorte de eles terem aceitado enterrar alguém naquelas condições. Apartei-me do corpo, eles fecharam a cova, e partimos como gatunos na madrugada. Voltei para cá e fiquei chorando até o amanhecer, antes de adormecer de cansaço. O que me despertou...

    Angela não conseguiu mais sufocar os soluços, e saiu do quarto. Eu permaneci imóvel.

    — O que me despertou foram os gritos de uma multidão que se aproximava. Gritos de raiva... insultos. Entendi na hora. Levantei-me, saí da casa sem me apressar. Não tinha medo. Eles eram bem visíveis... Aqueles rostos de ódio... Entre mim e eles, o corpo: desenterrado, enxovalhado, os vermes, as feridas, por toda parte as grandes moscas negras e verdes... O cheiro... Aguardei em silêncio que a multidão me matasse. Eu estava pronta. Mas ela não me matou. Uma voz me disse: "Nós a vimos noite passada. Vá enterrar noutro lugar o seu *góor-jigéen* de filho. Não no nosso cemitério. Não entre muçulmanos." Ouvi xingamentos: mãe de cachorro... puta... cadela maldita... Depois eles foram embora. Deixaram-me sozinha, mais uma vez, com o cadáver em decomposição.

Ela se calou por tanto tempo, que pensei que não falaria mais. Mas de repente ela retomou:

— Não tinha mais opção. Peguei uma pá e o enterrei em pleno dia. Aqui. Junto à árvore, no meio do quintal. Por cima do muro, erguidas na ponta dos dedos, algumas pessoas me viram e sabem que meu filho está enterrado aqui. Desde então, a casa se tornou maldita. Ninguém ousa se aproximar. Angela veio alguns dias depois. Ela me disse que trabalhava para umas pessoas que poderiam me ajudar. Ela quis levar o corpo para lhe oferecer um enterro decente, mas era tarde demais. Ele teve um enterro decente, pois foi a mãe dele que o enterrou. Fui eu quem o enterrou.

Ela se calou. Dessa vez, senti que ela nada mais tinha a dizer. Permanecemos por muito tempo assim, no silêncio daquele cômodo modesto. A sombra inquietante havia abandonado o rosto da mãe. Agora só havia uma tristeza, imensa e irremediável, assim como o rastro de algo infinito e teimoso, e que, por ser uma palavra fácil demais, simples demais, comum demais, limitada demais, quase ultrajante para aquela mulher, eu hesitava em chamar de coragem.

*

Angela e eu não trocamos nenhuma palavra durante o caminho de volta. Éramos incapazes de acrescentar o que quer que fosse depois da fala da mãe. Antes de partirmos, fui ao pé da árvore, onde o túmulo estava indicado apenas por algumas pedras grandes que delimitavam um espaço retangular. Nenhum nome. Angela me disse que a mãe não sabia escrever. Perguntei à mãe o nome de seu filho. Amadou. Ela teria uma foto dele? Ela mergulhou a mão debaixo do travesseiro e mostrou um retrato relativamente recente. O homem estava longe da imagem que eu arbitrariamente tinha feito dele. Não era feio, muito pelo contrário, parecia-me bonito, muito bonito, com traços delicados, quase femininos, com seus grandes olhos marotos, seus lábios carnudos sorrindo tímidos para a lente, sua vasta testa sem rugas. Ele também dava a impressão, mas por razões diferentes de sua mãe, de que o tempo passava por ele sem deixar traços...

Pedi a Angela que me deixasse na casa de Rama. Não queria ficar sozinho depois de tudo aquilo, sozinho com Amadou e seu rosto, a fala de sua mãe. Angela não insistiu em me fazer companhia. Ela sabia que eu precisava me encontrar com Rama.

— Não sei se agora você sabe por que está fazendo tudo isso — disse-me Angela ao se despedir — mas acho que a mãe de Amadou é um bom motivo.

Sem dizer nada, fui ao encontro de Rama. Ela me abraçou desde o momento que me viu chegar, como se meu rosto anunciasse minha aflição. Chorei longamente nos seus braços. Não conhecia ninguém que, como ela, soubesse me dar a certeza de ser ouvido, compreendido.

14

Alguns dias mais tarde, retornei à casa da mãe de Amadou, dessa vez sozinho. Não sabia por que razão exatamente. Sentia apenas, de maneira confusa, que faltava concluir algo, uma tarefa misteriosa cuja realização por si só poderia atenuar, dado que eliminar seria impossível, aquela sensação de vergonha que eu senti mesmo antes de ter escutado a fala da velha senhora, fala aliás que, longe de dissipar, só a exacerbou.

Na casa maldita, nada havia mudado: o quintal continuava deserto e só a folhagem da grande árvore no centro por vezes se agitava, como se para recordar que o lugar não estava petrificado, nem esquecido pela vida ou pelo tempo. Debaixo da sua sombra, o túmulo de Amadou. As pedras grandes. O espaço sagrado que elas delimitavam e que os próprios gatos selvagens pareciam respeitar, evitando-o com cuidado. Aproximei-me, e permaneci por um instante imóvel ao lado dela. Não via a mãe em lugar algum. Fui bater à porta do quarto. Sua voz fraca me convidou a entrar. Ela estava deitada de lado, com as costas viradas para a porta. Tinha certeza, ao vê-la assim, de que ele não se mexera desde nossa primeira visita. No entanto, ela deveria ter tido necessidade de se levantar e comer. Mas havia na sua atitude, na sua voz, na atmosfera do quarto, algo que me convencia do contrário. Tinha certeza: seu corpo havia se mexido para obedecer às exigências da sobrevivência, mas sua alma, sua alma, sua alma tinha permanecido ali, imóvel, para responder às exigências da verdadeira vida. Ela não havia saído do quarto. Ela continuava no fundo do poço. Ela ainda se achava no labirinto, lutando com o Minotauro.

— Sou eu, Ndéné Gueye. Vim faz alguns dias com...

— Eu sabia que você voltaria. Sente-se. Não tenho grande coisa a lhe oferecer, perdoe-me.

Ela não se virou; nem mesmo se mexera. Podia-se dizer que sua voz emanava não de seu corpo, mas do ar, do material invisível do qual o cômodo era feito. Sentei-me na esteira, e dei início então à nossa caminhada. Nossa andança não se sobrecarregava de nada: nem de palavras, nem de gestos, nem de olhares ou ruídos; só estavam presentes nossas respirações, reduzidas à mais ínfima de sua manifestação essencial. Tentei lhe oferecer algo que não fosse a compunção afetada que se pode sentir e confessar a uma mãe enlutada — o que jamais é o bastante — nem a sensação presunçosa de compreender sua dor — o que é sempre ilusório — mas, antes, um outro presente, mais precioso e ao mesmo tempo mais modesto que a compaixão ou a empatia: minha presença, simplesmente a minha presença, porém total. Queria estar ali, não só para, mas com ela. Eu não poderia ir longe do seu lado, eu sabia: acabamos sempre por ficar sozinhos no labirinto. Mas, antes de tudo, precisamos de companhia. É isso que eu tentei lhe oferecer. A verdadeira disponibilidade é aquela que devemos aos mortos ou àqueles que os acompanham no além-túmulo. Os vivos sempre imaginam que são os mortos que os abandonam. Sem dúvida que isso, em parte, é verdade, mas raramente vem-nos à mente o fato de que o contrário seja igualmente válido e que, de certa maneira, os vivos também abandonam os mortos. Os mortos também ficam sozinhos. Eles precisam ser acompanhados até o fim, que lhes façam um cortejo. Eu queria participar do cortejo de Amadou. Não queria deixar sua mãe ser a única a caminhar. Tentei oferecer minha disponibilidade e minha presença àquela mulher; tentei andar atrás dela o mais longe possível, até o limite em que eu devia por força me deter para deixá-la, sozinha e para sempre, com seu filho.

 O anoitecer nos flagrou nessa marcha imóvel e silenciosa. O quarto ficou tão escuro que eu só conseguia vislumbrar a silhueta impassível da mãe, cujo único sinal de vida era a imperceptível respiração que movia o lado de seu corpo. Ao me erguer, interrompi o diálogo mudo.

 — Vou embora.

 — Obrigada por ter vindo.

 — Terei prazer em retornar.

 — A casa é sua.

 Parti. O crepúsculo anunciava uma noite fria. Alguns pássaros ainda se debatiam em voos bruscos na folhagem da grande árvore. As grandes pedras haviam se fundido à escuridão, não as via mais.

 Retornei no dia seguinte. Dessa vez ela estava com o rosto virado para a porta de entrada, como se me aguardasse. Cumprimentamo-nos, e depois me sentei no lugar de costume, na esteira. Ela se ergueu — foi a primeira vez que a vi de pé — e saiu. Hesitei se devia acompanhá-la, e finalmente decidi permanecer dentro do cômodo. Ela ressurgiu pouco depois, trazendo uma tigela fumegante de *laax*, mingau de milho regado a coalhada.

— Hoje tenho algo a lhe oferecer.

Agradeci e comi com apetite. Quando terminei, ela levou o recipiente de volta para a cozinha e me deu uma vasilha de água. Agradeci mais uma vez e lhe disse que o *laax* estava ótimo.

— Era o prato preferido dele.

Em seguida ela se deitou, o rosto contra a parede. Sabia que chegara a hora de retomar a caminhada. Quanto tempo ela duraria para aquela mulher? A pergunta era cretina: era evidente que ela jamais cessaria de caminhar ao lado do filho. Mas quando ela aceitaria diminuir o passo, acompanhá-lo de longe, deixá-lo crescer, voar com suas próprias asas rumo à morte? Quando é que ela estaria pronta a aceitar a ideia de que o labirinto não é o único desfecho possível? Eu não sabia. O tempo do luto desconhece normas, mas eu estava convencido, sem conseguir dizer por que, de que uma mãe que vê o filho deixar o mundo o vela pelo menos durante o mesmo tempo em que ela o carregou antes de pô-lo no mundo. Anoiteceu. Eu me preparava para ir embora quando ela se virou para mim.

— Não quero que pense que eu o esteja transformando num filho substituto, Ndéné. Seria fácil demais. E mais doloroso com o passar do tempo. Mas sou-lhe agradecida por ter vindo. Você é a única pessoa que se preocupa com ele. Angela, é o trabalho dela... Mas você... Obrigada. Queria também lhe dizer que esta foi a última vez que nos vimos antes de eu viajar. Amanhã parto para

Touba, a cidade santa. Decidi dedicar-me inteiramente à religião e ao trabalho, já que não tenho mais nada. Tenho um primo que mora lá. Ele possui uma lavoura em que poderei trabalhar. Aqui, com meu filho ao lado, jamais reencontrarei o gosto pleno pela vida. Tenho um favor a lhe pedir. De vez em quando, volte aqui para rezar sobre o túmulo dele. Uma última coisa, Ndéné: ainda não sei direito porque você sempre veio. Não sei por que você é tão ligado ao meu filho. Ou a mim. Você está procurando alguma coisa. Nem sei se a resposta está aqui. Aqui não há nada. Mas eu espero que você encontre aquilo que procura. Espero sinceramente.

15

Não dava mais aulas. Bem que eu queria, mas era impossível: demasiado poucos estudantes se apresentavam na minha classe. No início, achei que fosse por preguiça e que estivessem simplesmente cabulando minhas aulas. Mas não era isso. Acabei por compreender que, de fato, eles as estavam boicotando. O motivo não era difícil descobrir: meus comentários sobre Verlaine.

O decano da faculdade não tardou em se manifestar. Após meus alunos ignorarem a terceira sessão, ele me chamou até o seu escritório e me anunciou que o ministério havia decidido me suspender por um período ainda indeterminado, em razão de inúmeras queixas que me acusavam de perversão e insubordinação.

Ele disse que poderia interceder em meu favor para obter a anulação da minha dispensa, sob a condição de que eu apresentasse desculpas por ter dito que proibir o ensino de Verlaine pelo fato de ser homossexual era uma estupidez. Perguntei-lhe a quem tais desculpas deveriam ser dirigidas. O imbecil não percebeu minha ironia e respondeu: diante dos alunos e diante do ministério — por ele representado. Fui tomado por uma furiosa vontade de rir. Mal consegui me conter.

    Finalmente, pedi ao decano que me desse alguns dias para escrever devidamente uma carta de desculpas. Ele se mostrou encantado: sempre soube que eu era um homem inteligente, além de excelente professor. Ele considerou meu capricho sobre Verlaine como um arroubo de falta de antigüidade no serviço. Ele até mesmo prometeu me defender junto ao ministério — ele conhecia o ministro. Os grandes senhores haveriam de decidir a minha sorte, que em muito dependia de meu comportamento e de minha capacidade de arrependimento. Saí de seu escritório. É claro que eu não tinha a mínima intenção de apresentar desculpas a quem quer que fosse.

    Ainda não sabia o que fazer. Telefonei ao Sr. Coly para mantê--lo a par dos acontecimentos. Ele me disse temer o pior e me pediu para ir vê-lo. Queria falar comigo.

*

    — Minha esposa e filhos não estão — explicou-me enquanto entrávamos na casa. — Foram visitar um parente.

    Entramos numa grande sala de estar. Sr. Coly me ofereceu uma bebida.

    — O que o senhor tenciona fazer? Vai escrever a carta de desculpas?

    — Não.

— Talvez devesse, Ndéné. Talvez devesse… Eu o entendo, mas o seu caso se agravou rápido. A dispensa não é nada… Mas os rumores…

Ele ergueu os olhos inquietos.

— Rumores?

— Claro, o senhor não tem como estar a par. Somos sempre os últimos a saber dos rumores que correm a respeito de nós. Mas eles estão aí… Chegaram até mim. Os corredores da universidade são indiscretos. Para a faculdade, talvez para toda a universidade, o senhor é um militante pró-gay que adora a poesia homossexual e que tentou impô-la ao curso, contra as diretrizes do ministério. Entende o que isso quer dizer? Sim, sei que entende: isso quer dizer que o senhor mesmo é gay. Em outras palavras: perigo! Digo-lhe sem rodeios: o senhor poderá ser agredido, ou mesmo morto a qualquer momento.

Ele esfregava a testa e murmurava, como se para si mesmo:

— O que tem ocorrido atualmente neste país, em torno da homossexualidade, é assustador. Tanta violência, tanta crispação. Não era assim, na época…

— O que o senhor quer dizer?

— Era outra coisa. Conheci um tempo em que os homossexuais eram diferentes. É essa a palavra. Os homossexuais sempre existiram no Senegal, os que dizem o contrário ou são jovens demais, ou são de má-fé, pouco conhecedores da própria cultura. Os homossexuais sempre existiram entre nós, mas se comportavam de outra maneira. Nada em suas vestes nem em seu comportamento indicava que fossem *góor-jigéen*. No entanto, todo mundo sabia e aceitava. Naquela época, eles não incomodavam ninguém porque eram discretos, bem-educados, respeitáveis. Eles desempenhavam um papel especial na sociedade, que preenchiam sem ostentar, sem procurar inutilmente chamar atenção à sua singularidade. Todo mundo sabia. Eles em geral moravam sozinhos, e contavam com o apoio de uma protetora e com aquilo que lhes era oferecido, por ocasião das cerimônias, para viver. Essa discrição e a importância de seu papel no jogo social faziam com que, mesmo a homossexualidade sendo proibida no Islã, os homossexuais não fossem mortos nem presos sistematicamente. Havia leis, claro. Leis anti-homossexuais, como hoje em dia, mas sua aplicação era mais complexa. Quem evoca uma era de ouro, em que os homossexuais eram perseguidos mais severamente, expulsos da sociedade, não sabem do que falam. Esse passado do qual eles sentem saudade, eu o vivi. Era o contrário daquilo que eles querem acreditar e fazer acreditar.

— E hoje?

— Hoje...

Triste e desiludido, ele se manteve calado, absorvido não sei em que profunda melancolia.

— Hoje, acabou ele por retomar, não é mais possível. Uma minoria de *góor-jigéen* transformou toda a percepção dos homossexuais. Para mal, claro. Eles são vulgares, desavergonhados, provocadores. Eles se casam! Casar! Que loucura... A indiscrição dessa pequena minoria, e sua irresponsabilidade, fazem bastante mal aos outros, a maioria silenciosa dos homossexuais. A homossexualidade se tornou vulgar. Em todo caso, só esse lado é visível. Como sempre, é um punhado de gente que cria a imagem falsa de uma realidade, em detrimento do resto mais numeroso. Os outros senegaleses, em maioria heterossexual, se sentem agredidos. Moralmente. Religiosamente. Esteticamente.

O pêndulo soou 17 horas. Sr. Coly me ofereceu um *bissap*[18].

— Essa minoria insulta e desonra a homossexualidade — insistiu ele. — Uma caricatura. Eles fazem muito mal aos outros. Hoje em dia, os homossexuais se vêem obrigados sobretudo a se esconder, fisicamente, socialmente. Nas cerimônias, quase não vemos mais *góor-jigéen*. Muito poucos ainda tentam preencher uma função social.

Não pude evitar pensar em Samba Awa.

— Ontem — continuou o Sr. Coly, que jamais tinha visto tão falante — os homossexuais viviam sozinhos. A sociedade os assumia como tais. Hoje, para evitar serem mortos ou linchados, eles adotam máscaras sociais: casam-se com pessoas do sexo oposto, têm filhos, trabalham em áreas em que ninguém suspeitaria deles. Esse fenômeno teve início faz tempo. Há muito mais homossexuais neste país do que podemos imaginar. Simplesmente, eles têm medo. Medo de serem confundidos com a minoria vulgar, que é mais barulhenta, medo de serem mortos. Passamos de homossexuais socialmente úteis e discretos para viados — perdoe-me o uso do termo — que só se interessam pela própria imagem. Os viados substituíram os *góor-jigéen*. As palavras são importantes aqui. Uma é cultural, e remete a uma determinada realidade social; a outra é uma provocação. Compreenda-me corretamente: não estou dizendo que a homossexualidade seja uma coisa boa, aliás, ela não é boa nem má, ela é simplesmente algo que está aí, um fenômeno que existe... Estou apenas dizendo que ela existiu de maneira diferente, e que ela era tolerada neste país. Os homossexuais vulgares que hoje são

---

[18] Bebida refrescante e tonificante à base de flores secas de hibisco.

perseguidos não deveriam se queixar da onda de homofobia que grassa no país. Eles são os principais responsáveis por ela.

— Como é que o senhor pode dizer isso, Sr. Coly? O senhor viu o vídeo do homem desenterrado? Ele se chamava Amadou. Não há nem certeza de que fosse homossexual. Quanta violência... Suponhamos até que os *góor-jigéen* de hoje em dia sejam vulgares, como diz. Que sejam. Mas a vulgaridade jamais matou ninguém.

— Não, é pior: ela mata outras pessoas que nada têm do que se envergonhar.

Suas últimas palavras me surpreenderam. Sua voz traiu um certo amargor. Ele parecia odiar profundamente os que ele acusava de ter desonrado a homossexualidade. Agitou-se.

— Vou fumar um pouco, se não se incomoda. Minha mulher me proibiu de fumar do lado de dentro desde que nossos filhos nasceram. Mas... só uma vez... Obrigado.

Com gestos febris, ele encheu o cachimbo e o acendeu. À primeira baforada, sua agitação se dissipou. Sr. Coly reencontrou a calma e o sorriso, aquela elegância que me era familiar. Ele me fitou e me sorriu com bondade. Algumas baforadas a mais pareceram pacificá-lo por definitivo e ele continuou falando como se jamais houvesse parado, mas agora com uma voz mais branda.

— Se os homossexuais de hoje em dia são tão indecentes, é porque se deixaram influenciar pelo mundo dos brancos. Lá, os homossexuais se amam e se beijam diante de todos. Eles podem se casar legalmente. A realidade homossexual é reconhecida e exibida, em manifestações, em filmes. E os homossexuais, aqui, acham que podem se permitir o mesmo, que podem reivindicar direitos semelhantes, adotar o mesmo comportamento em público. É suicídio. Os brancos criam uma imagem da homossexualidade que faz devanear os daqui, que querem imitar aquela imagem. Só que ela não tem como ser a mesma aqui. Pelo menos, ainda não. Em seus países, os ocidentais salvam os homossexuais; aqui, nós os condenamos. Eles não percebem que a pressão exercida sobre nossos governantes a fim de descriminalizar a homossexualidade produz o efeito inverso: um aumento da homofobia. Eles não compreendem...

— O senhor culpa o Ocidente pelo avanço dos direito de igualdade?

— Não, claro, mas o culpo de querer instituir esse avanço entre nós. Eu sei que o senhor vai me falar de república, de democracia, de igualdade... Eu sei... Mas temo que a igualdade seja uma quimera na democracia. Mesmo no Ocidente, onde ainda se conservam as piores desigualdades, com base na origem, na classe social, na riqueza, na religião. A marcha rumo à igualdade não pode se dar na mesma velocidade em toda parte. Mas me diga (e fitou-me como se tudo aquilo que ele havia dito até então não passasse de um prelúdio ao que se seguiria): em que campo o senhor se encontra, a propósito da homossexualidade?

Não soube o que responder. Nem tinha certeza de haver compreendido direito a pergunta. Em seguida, como ele visivelmente aguardava minha resposta, eu lhe disse:

— Não sei. Não há campos.

Sr. Coly me fixou longamente, com uma expressão estranha. Depois, com sua voz lenta, ele pronunciou:

— Sua posição é insustentável, Ndéné. Tem que saber. Tem que escolher, sobretudo. Cedo ou tarde. Estamos sempre num campo. Escolher. E assumir.

A campainha da entrada tocou.

— É um amigo que eu estava esperando — disse-me Sr. Coly.

Ele foi abrir a porta e reapareceu instantes depois, seguido por um homem que me cumprimentou tímido. A mão dele era mole, seu punho estava cheio de doçura. Ele era alto e seu *boubou* violeta, de pregas impecáveis, dava-lhe um certo fascínio. Cheirava bem. Os eflúvios amadeirados de seu perfume impregnaram a sala desde que penetrara nela. Sr. Coly nos apresentou, especificando que seu convidado e ele eram velhos amigos. Em seguida ele se dirigiu até a cozinha, após pedir que nos sentássemos. Instalamo-nos, eu no sofá onde já estava sentado, o recém-chegado numa poltrona ao lado. Alguma coisa nele me intrigava. Ele puxou conversa com uma voz meio fugidia. Perguntou se El Hadj Majmout Gueye era meu pai. Surpreso, confirmei. Ele me disse que nos parecemos muito. Perguntei onde havia conhecido meu pai.

— Na mesquita — respondeu ele.

Aquela resposta revelou o que me intrigava naquele homem: já o havia visto. E mesmo que seu rosto me parecesse extraordinariamente mudado, não tinha mais nenhuma dúvida: era o *jotalikat*. Aquele mesmo que havia retransmitido a última prédica do "Al Qayyum". Mas onde é que estavam o olhar bovino e a feia calvície? Evaporaram-se miraculosamente. É verdade que por vezes eu chegava a perceber, no fundo de seus olhos, algum traço de estupidez, mas era uma estupidez comovente, embaraçada. Quanto à sua cabeça, ela havia sido cuidadosamente raspada e brilhava.

Eu era incapaz de reconhecer, no homem que estava diante de mim, o equilíbrio, a energia, a segurança do *jotalikat* exaltado que havia visto algumas semanas antes, ao lado do moribundo El Hadj Abou Moustapha Ibn Khaliloulah. Sr. Coly retornou, serviu um copo de gengibre ao *jotalikat* sem perguntar se era aquilo que ele queria e se sentou ao meu lado. Encontrava-me entre os dois amigos. Um silêncio estranho se instalou, que rompíamos de vez em quando para falar de profundas banalidades. Sr. Coly e o *jotalikat* se falaram muito pouco diretamente. Mesmo quando se interpelavam, eles o faziam de maneira a me incluir sempre na conversa, para que eu participasse. Pareciam temer que eu permanecesse calado e que eles fossem obrigados a manter, sozinhos, uma discussão.

Depois de um quarto de hora daquele bizarro suplício, declarei que iria me despedir. Sr. Coly tentou me reter, conforme o costume da hospitalidade. Fiz de conta que tinha uma aula por preparar. Não consegui impedir que me acompanhasse até o portão. Agradeci-lhe calorosamente o convite e a conversa que tivemos. No momento da despedida, ele apertou minha mão com força e me disse:

— Tome muito cuidado, Ndéné.

Por um instante achei que ele iria me dizer mais alguma coisa, mas nada acrescentou. Simplesmente sorriu, para em seguida retornar ao interior da casa a passos impacientes. Seu amigo estava à espera.

16

Pouco a pouco, comecei a sentir como ele nascia, rumorejava, crescia nos olhares insistentes, nos sussurros que precediam a minha passagem ou que se seguiam a ela, nos movimentos de queixo que apontavam para mim de longe: os rumores, a enxurrada irreprimível dos rumores. Na universidade e no meu bairro, as pessoas falavam. Não procurei saber o que falavam exatamente. Cedo ou tarde, os rumores cairiam bem maduros em cima de mim, sem que eu precisasse colhê-los.

O que são rumores mais exatamente? A ilusão de um segredo coletivo. Um banheiro público que todos utilizam, mas cuja localização cada um acha que é o único a conhecer. Não há segredo algum no núcleo dos rumores; o que há são pessoas que se sentiriam infelizes imaginando não deter um segredo, ou o privilégio de uma rara verdade.

Não acredito no segredo compartilhado. Uma vez pronunciado, uma vez derramado numa frase, numa confissão, numa fala, um segredo deixa de sê-lo. Qualquer linguagem o viola. Qualquer transposição para a palavra já é uma elucidação de seu núcleo primordial e obscuro, uma mancha no silêncio que é sua única condição verdadeira de existência. Um segredo que se conta, que se conta a si mesmo de maneira clara, já deixou de ser. Ele só tem como existir dentro de nós, em nossa agitada intimidade, esse claustro mal-iluminado em que a verdade deve sempre não só se fazer cercar de sombras, como também fazer parte da sombra. Um verdadeiro segredo jamais é claro, mesmo para sua própria consciência. Já duas consciências para um mesmo segredo, isso me parece demais. Assim que é contado, a traição já se instituiu, e aliás duplamente: primeiro, porque dotamos de palavras uma rede misteriosa de verdades que só tinha sentido no nosso silêncio interior; segundo, porque as palavras escolhidas para confessá-lo não permanecerão as mesmas na memória daquele que as recepciona. As palavras do segredo, que constituem a primeira traição do segredo, serão inevitavelmente traídas, por sua vez, na mente daquele a quem o segredo foi confiado, independente do fato de ele o guardar ou não.

Para além de si mesmo não há mais segredo: há apenas um depósito, um sedimento de matéria bruta que a palavra pouco a pouco desnatura e erode até dele manter uma vaga lembrança. Chegamos então aos rumores; chegamos ao segredo morto, assassinado, esvaziado, mas que sabemos já ter sido vivo. Sob qual forma? Isso nós esquecemos. Eis o que são os rumores: o assoreamento do segredo na ilusão de sua revelação.

Corriam portanto rumores sobre mim. Só faltava que alguém se encarregasse de me apontar os erros dos quais era acusado. Esse alguém não poderia ser outro a não ser meu pai. Ele me convocou até sua casa. Adja Mbène estava a seu lado, cabisbaixa, manipulando compenetrada um terço. Encontrava-me no meu tribunal familiar.

— Você sabe por que queremos conversar com você — começou meu pai, friamente. — Nesses últimos dias, coisas muito desagradáveis chegaram aos nossos ouvidos. Não sei se elas são ou não verdadeiras, mas o fato de serem tão persistentes nos preocupa. Não sei o que está acontecendo com você. Digo-lhe apenas uma vez: não vou tolerar que você manche a minha honra nem a de Adja Mbène…

— Sem esquecer a memória da sua mãe, interveio Adja Mbène, sem olhar para mim, com uma voz embargada por soluços iminentes.

— É toda a família que o seu comportamento e seus hábitos — ao menos os que você permite revelar — mancham. Não o eduquei para você se colocar no centro de rumores escandalosos. Mas você sabe o que andam dizendo por aí?

Não, eu desconhecia. Meu pai, portanto, me atualizou. Diziam terem-me visto diversas vezes na casa maldita, onde eu regularmente me recolhia sobre o túmulo do homossexual desenterrado; contavam que eu passara uma noite inteira em companhia de Samba Awa Niang; mencionavam também que eu ensinava poetas homossexuais na universidade, o que fizera com que eu fosse colocado para fora do meio acadêmico. Meu pai relatava os rumores com suas próprias palavras, palavras impregnadas de fúria, repletas de censura, consumidas de vergonha. Escutava-o falar calmamente, e sem dúvida essa calma lhe pareceu detestável. A seus olhos, eu talvez me parecesse com aqueles grandes criminosos que, durante o processo, ouvem a longa lista de seus atos monstruosos com uma espécie de distância, de indiferença, ou mesmo de prazer sádico. Meu comportamento diante dele devia lhe parecer o de um monstro gélido, que ou não era capaz de avaliar a gravidade das acusações que lhe eram feitas, ou que tinha plena consciência delas mas nenhum arrependimento, divertindo-se talvez até com elas.

Mas, no fundo, não tinha razão meu pai em ver, no meu comportamento, uma indiferença desumana? Não é que eu de fato escutava suas graves palavras com um ar abstraído de um futuro enforcado, cego para a forca que se erguia diante dele? Meu pai falava de mim. Ele falava de rumores que me diziam respeito; mas o que eles diziam me dava a impressão de afetar uma vida que não fosse a minha. O que eu ouvia me era alheio, tão alheio que várias vezes tive de interromper meu pai para lhe dizer que havia um engano, que não era de mim que se tratava, que tudo aquilo era um quiproquó infeliz. Ah, como ele teria adorado me ouvir desmentindo tudo aquilo, defendendo-me, indignando-me! Como ele teria adorado que eu declarasse, com voz firme, que a minha, que a sua, que a nossa honra estava salva! Percebia muito bem que, por trás de seus olhos avermelhados e sua voz trêmula, havia uma súplica patética e dilacerante: "Eu lhe imploro, diga que eles se enganaram, que estão mentindo, que estão inventando, que você foi confundido com outra pessoa. Eu lhe suplico, Ndéné, desminta! Ou minta para mim!"

Mas eu não podia. Não posso, papai. Mesmo tendo a impressão de que não era da minha vida que falassem, os atos relatados eram meus. Devia assumi-los. Do ponto de vista factual, os rumores tinham razão: eu havia me recolhido diversas vezes sobre o túmulo de Amadou depois de meu primeiro encontro com sua mãe, eu havia passado uma noite com o *góor-jigéen* mais famoso do país e eu havia ensinado Verlaine na universidade. Os rumores relatavam, portanto, fatos exatos, porém sua interpretação, seu significado, as conseqüências e as conclusões a que se chegava a partir deles não espelhavam a verdade. Eles atingiam a verdade factual, sem em nada abranger a dimensão metafísica. No entanto, como explicar isso a meu pai e Adja Mbène sem dar razão aos rumores? Como explicar isso sem agravar o meu caso?

Adja Mbène poderia, ela talvez, compreender. Ela era mais paciente e tinha mais empatia que meu pai. Mas compreender o quê? Que eu não era um *góor-jigéen*, nem o amante de Amadou, nem um discípulo de Samba Awa, ou agente da propaganda gay por meio da poesia de Verlaine? Isso seria tudo a dizer para me inocentar? Era minha humanidade que estava em jogo, na prova que eu deveria apresentar do meu não-ser homossexual? E, ademais, como apresentar tal prova? Minha palavra talvez bastasse para meu pai e Adja Mbène; mas ela nada poderia contra os rumores. Ninguém desiste tão facilmente do prazer de propagar sem conseqüências uma fofoca maliciosa. São necessários sólidos contra-argumentos para deter rumores negativos. Eu não os tinha. Caso nos digam: "O senhor parece ser um viado de carteirinha", o que é que podemos responder? Nada, sem dúvida.

Meu pai continuava falando. Aos poucos lágrimas lhe vieram aos olhos. Não conseguia saber se ele temia por mim, por ele ou pelo que ele deveria fazer caso a acusação fosse fundada. Ele falava, falava; e eu suspeitava de que aquela torrente verbal fosse um subterfúgio para atrasar o momento em que ele deveria enfrentar o silêncio que precederia minha resposta. No entanto chegou o momento em que, ao término dos argumentos, ele teve de se calar e me escutar. A palavra agora estava na defesa.

Adja Mbène ergueu a cabeça e parou de manipular o terço.

Ela chorava. Eu lhe dei um sorriso, e em seguida me virei na direção do meu pai. Ele me inspirava pena. Por detrás de sua severidade, só havia o pavor de um homem que temia ver seu próprio mundo desmoronar e, junto com ele, todo o sistema de valores em que havia sempre acreditado e ao qual dedicara sua vida.

Eu me encontrava atormentado por uma profunda tristeza, que não tinha como compartilhar com ninguém. Queria estar longe de meu pai e Adja Mbène, pois o que eu seria capaz de dizer machucaria a nós todos. Explicar que o destino de Amadou me havia comovido sem saber exatamente por que os chocaria tanto quanto se eu me declarasse homossexual. Eles esperavam de mim uma resposta clara e simples. Eles a esperavam. Mas o que é que pode ser simples? Onde está a clareza? Será que existe uma única verdade límpida? Uma palavra autêntica não extrai sua precisão justamente da dificuldade que experimenta ao brotar, diante da tentação da facilidade e da arrogância? O essencial não se exprime na fluidez, na palavra fácil e clara; pelo contrário, acho que ele se manifesta através da hesitação, dos silêncios profundos e matizados, impuros, que separam ou aproximam, não sei ao certo, toda palavra daquela que a sucede ou precede.

Muito bem. Tudo aquilo era bonito na teoria. Agora era necessário explicar para Adja Mbène e meu pai. Impossível. De qualquer modo, nós não tínhamos como nos compreender. Havíamos chegado a um ponto em que a palavra era tão imperiosa quanto impossível: demasiado carregada de emoções, de desconhecido, de dor, ela só seria capaz de ferir. Preferi partir. Talvez por covardia.

— Desconheço o que você espera de mim, papai. Vou-me ausentar por alguns dias. Será melhor para todos.

Em seguida me levantei, e dei alguns passos rumo à saída.

— Se isso for tudo o que você tem a dizer, não quero mais vê-lo. Se você sair agora, não volte nunca mais. Paralisei-me. Eu havia pronunciado três frases infelizes. Elas haviam sido suficientes para romper nossa ligação — frágil, é verdade, como tudo o que é importante. Por coragem ou covardia, não me virei para ver meu pai chorando, como sua voz deixava entender. Eu não o culpava. Ele estava dilacerado. Sua aflição devia ser maior que a minha. Até aquele instante, eu achei que aquele homem temia perder seu mundo. Eu me enganara: mais que o mundo, era uma de suas razões para viver, eu, seu filho, que ele tinha medo de ver desaparecer após perder minha mãe. Ele veria na minha partida uma traição: não minha para com ele, mas dele para com minha mãe. Com o meu comportamento, eu violava a promessa tácita que ele havia formulado por ocasião da morte dela: fazer de mim um homem de bem. Se eu fosse embora, o que diria ele à minha mãe aquela noite, quando ela o visitasse durante o sonho? Ele só teria uma palavra: "fracassei", e o olhar que o fantasma de minha mãe lançaria sobre ele seria insuportável. Tudo aquilo já lhe era insuportável. Por isso chorava. Eu era um filho indigno, um ingrato que não merecia o amor que lhe era oferecido. Eu deveria rever meus passos e reencontrar a razão, precipitar-me na direção do meu pai, atirar-me a seus pés e chorar até mergulhar num sono do qual eu despertaria absolvido, de alma nova. Mas eu sabia, enquanto aquele impulso crescia dentro de mim, que nada daquilo aconteceria. Eu havia chegado longe demais na sombra e na solidão. Era mais fácil afundar do que fazer o caminho de volta. Mais vital também, pois acabei acreditando, acabei me convencendo de que, na extremidade daquela solidão e daquela culpa, me aguardava uma redenção, talvez uma verdade que nada nem ninguém pudesse me mostrar, e muito menos me oferecer. Quanto a ter uma alma nova, para que, pois eu acabaria por manchá-la também, e sem dúvida mais rápido que a precedente? "Se você sair agora, não volte nunca mais." Mesmo em sua fúria, desespero e vergonha, o amor de meu pai me garantia uma saída de emergência. "Se você sair agora..." Só alguns metros me separavam da porta. Mas e do meu pai? Que distância me separava dele e de Adja Mbène? Tão reduzida, mas já tão impraticável... "Se você sair..." Dei um passo, que de imediato se impôs como o primeiro de uma longa caminhada. Outros dois, três, quatro, cinco. Já estava quase do lado de fora. No sexto, parti, e sabia que seria impossível voltar.

 Detive-me um pouco na soleira daquela casa onde passara minha infância e na qual eu já não tinha mais espaço, nem mesmo para lembranças. Estava ofegante: seis passos me deixaram sem fôlego. Tinha a impressão de ter corrido quilômetros ou de ter cometido um assassinato. O sangue me havia subido violentamente à cabeça, como se houvessem me pendurado pelos pés. Então era isso... A vertigem da solidão... A mais pura e mortal vertigem da liberdade... A sentença havia sido proferida: culpado. Eu já esperava e, desse ponto de vista, eu de fato não me surpreendera. Um novo acontecimento, porém, deu um gosto amargo àquele veredito, que acabou por me desesperar: dei-me conta, ao ouvir meu pai, de que eu não era apenas culpado: eu era, ademais, indefensável. Minha respiração retomou lentamente seu ritmo normal. Pus-me de novo em movimento. Uma voz me chamou. Era Adja Mbène. Ela veio até mim, com o véu enviesado.

 — Ndéné... Se você ainda tiver a mínima consideração, o mínimo amor por mim... Não vá embora. Por favor. Posso ajudar... Fui ver um marabuto. Eu sei o que você pensa deles... Mas esse não é charlatão, ele trabalha baseado só no Corão. São rezas. Foi ele que curou o filho da minha amiga, sobre o qual lhe contei. Ele é reconhecido, sobretudo por essas coisas. Ele pertence à descendência remota do Profeta. Ele vai nos ajudar, tenho certeza… Por favor. Seu pai está tão infeliz desde o início dos rumores. Ele ficará ainda mais se você for embora. Se não por seu pai ou por mim, faça-o ao menos por sua mãe. Venha… venha pedir perdão ao seu pai…

— Está vendo? Por qual erro devo pedir perdão a ele?

Adja Mbène não disse nada, ou por não ter resposta à minha pergunta, ou porque a aspereza da minha voz a surpreendera.

Está vendo? Você não sabe. Ninguém sabe que erro eu cometi. Eu mesmo não sei. Ou então todos o sabem e têm medo de lhe dar um nome. Se for esse o caso, nem preciso me preocupar em apresentar desculpas. Já está resolvido. Os únicos erros imperdoáveis são justamente esses. Os que nem mesmo sabemos nomear.

— Não é o erro que conta… É o pedido de perdão, seja qual for. É retornar para o meio de nós. Na sua sociedade. Na sua família. Podemos perdoar tudo. Mas é necessário que você queira…

— Talvez eu não queira, talvez eu não queira mais, Adja Mbène. Não quero mais saber de perdão. Em determinadas circunstâncias, eu sei, isso não basta. Não é por ser perdoado que eu vou saber quanto vale a minha vida e se estarei à altura dela.

Sussurrei cansado aquelas últimas palavras. Mas elas levavam consigo algo de irrevogável. Adja Mbène deve ter sentido. Suas últimas frases foram resignadas, pronunciadas no tom calmo da impotência.

— Então só me resta rezar por você, Ndéné. É tudo o que eu posso lhe oferecer, além do meu amor e do meu perdão. Que Deus o acompanhe. Que sua mãe o proteja.

Apertei-a nos meus braços, muito rapidamente para não ser tentado a permanecer naquele abraço quente e maternal, e em seguida parti, o dorso da mão secando em minha face um vestígio úmido, que eu não sabia se vinha das lágrimas de Adja Mbène ou das minhas, embora não as houvesse sentido escorrer.

*

Cheguei em casa tarde da noite, após uma longa caminhada. Na porta do meu apartamento, encontrei uma inscrição lacônica: *puus puup*, "empurra-bosta", um dos inúmeros apelidos pitorescos usados para nomear os *góor-jigéen* em wolof. Aproximei-me da mensagem; o fedor sufocante me confirmou ter sido escrito com excremento humano. Alguém se dera ao trabalho de cagar, embalar suas fezes e transportá-las até ali para utilizá-las como tinta para me insultar, me intimidar, me ameaçar. Empurra-bosta. Tinha que reconhecer que o autor tinha senso de humor. Ao empurrar a porta para entrar em casa, eu estava de fato empurrando bosta, sua bosta fedorenta que tinha acabado de secar. Limpei aquilo e fui até a janela, onde o mundo me ofereceu o seu teatro inalterado: as mesmas risadas se alçavam aos céus como fumaça de uma felicidade terrestre incendiada, as mesmas pessoas pobres fingindo uma miséria radiante, o mesmo ponteiro de vida desregulado e emperrado no zero, a mesma solidão imensa torturando cada um...

Eu precisava sair dali, deixar a capital por alguns dias. Decerto haviam me declarado homossexual e meu cargo de professor havia sido suspenso, eu me sentia sufocar. Tinha todos os motivos para me afastar por um tempo. Escrevi a Rama anunciando minha decisão. Ela me respondeu desejando me acompanhar. Lá no fundo é o que eu esperava, ela com certeza sentiu. Tencionava reencontrar uma certa solidão, mas junto com ela. Tirei das minhas economias para alugar uma casinha situada numa vila de pescadores, cerca de cem quilômetros ao sul de Dakar, na costa do Atlântico. Quatro dias depois, Rama e eu partimos.

17

Desde a nossa chegada, eu sabia que haveríamos de passar dias felizes naquela vila. Embora eu não idealizasse nada. Por mais tranquila e charmosa que fosse, dotada daquela modéstia solar das pequenas vilas embaladas pelo oceano, eu sabia que não seria lá que eu encontraria o descanso que eu buscava. Os lugares são palcos de teatro, palcos de teatro vivos, com sua cenografia e suas luzes, mas só nós representamos, só nós podemos representar; não há dublês nem pontos. Não fui com a expectativa de que a vila me apaziguasse; queria apenas que ela me convencesse de que um apaziguamento seria possível.

Rama e eu chegamos no início da tarde, no meio de um calor carregado. A vila estava deserta. A maioria dos homens estava no mar, pescando; quanto às mulheres, elas estavam em casa, descansando um pouco antes do retorno dos homens, ao entardecer. Elas então haveriam de se atarefar com os peixes, processá-los, transportá-los na madrugada até um grande mercado e vendê-los. A vila estava deserta, mas repleta de sopros. O comitê de boas-vindas foi garantido pelo mar, verde e ligeiramente agitado, pela praia, branca e sensual, faixa fina de areia cuja linha sinuosa se perdia no céu, bem como por uma nuvem de crianças, entre seis e doze anos, meninos e meninas, a maior parte de peito nu. Elas brincavam num pequeno braço de mar que se formara como uma laguna a poucos metros da praia, profundo o bastante para que pudessem nadar.

Desde a nossa chegada, elas vinham tentando empurrar uma pequena canoa, proporcional ao tamanho delas, para o lago. A manobra era delicada: embora de dimensão reduzida, a canoa era pesada para as crianças que ainda eram. Nós observamos como refletiam e debatiam para encontrar a melhor maneira de fazer a embarcação deslizar na água. Perguntei a Rama se ela desejava se banhar. Respondeu-me que o faria mais tarde. Ela primeiro queria saber como as crianças iriam se virar com a canoa. Estávamos sentados não longe delas, em cima de rochedos escaldantes que nos queimavam um pouco as nádegas. As crianças perceberam nossa presença, algumas até nos cumprimentaram. Porém a sua tarefa as absorvia tanto que logo nos esqueceram. Levava comigo uma Polaroid comprada na França, mas que tivera poucas ocasiões de utilizar desde meu retorno ao Senegal. A fotografia tinha sido uma de minhas grandes paixões do período estudantil, mas que pouco a pouco, por falta de tempo, abandonei após o meu retorno. Passou--me pela cabeça que aqueles dias na vila seriam uma boa ocasião de retomar... Tirei algumas fotos da praia, do mar, de Rama, do céu, das crianças em plena labuta, dos cordeiros e dos cachorros que vagavam por ali.

As crianças acabaram chegando a uma conclusão: elas nada conseguiriam se não fizessem como seus pais quando punham as canoas n'água para ir pescar. Elas então saíram correndo pela praia procurando três ou quatro grandes toras de madeira por cima das quais tencionavam fazer a canoa deslizar. As primeiras tentativas foram infrutíferas. Tinham o material, mas não o método. Insistiam, sem jamais se enervar nem perder o bom humor. Eis a grande diferença entre as crianças e os adultos: ao invés daquilo que se crê, elas sabem lidar melhor com o fracasso. Rama acompanhava concentrada as manobras das crianças. Eu a sentia tensa. Cada nova tentativa despertava nela a esperança, cada fracasso lhe arrancava um suspiro de decepção imediatamente seguido de um "mais uma vez, vamos tentar de novo!"

Na enésima vez, as crianças tentaram a sorte novamente. Daquela vez elas posicionaram as toras perfeitamente. A canoa deslizou por cima delas. Era preciso empurrar, nem rápido demais e nem forte demais, mas, sobretudo, em uníssono. Um silêncio carregado de esperança pairou por alguns segundos por cima da praia. Rama se levantou e murmurou: "Vai!" As crianças se uniram e, na mais perfeita coesão, deram o último empurrão. A canoa atingiu a água suavemente. Um extraordinário clamor de alegria e de alívio sucedeu à tensão contida da esperança. Uma grande vitória, naquela praia deserta. Descalça, de vestido comprido, sua grande cabeleira negra flutuando atrás de si como um pavilhão de piratas, Rama correu para se juntar às crianças. Ela entrou toda vestida na água que lhe chegou quase até os seios. As crianças a receberam como uma delas e lhe deram um lugar na pequena embarcação. Ela se virou para mim com um sorriso radiante e me disse alguma coisa que não ouvi por causa do ruído do vento e das ondas. As crianças também sorriram para mim. Tirei uma foto do grupo. O apaziguamento se mostrava possível ali. Dakar e seus rumores estavam longe.

18

    Os cinco primeiros dias passaram com a velocidade da alegria dos pobres. Restavam-nos ainda cinco, mas recusávamo-nos a pensar no fim da estada. Consagrávamos nossos dias ao amor e ao mar, às caminhadas e à leitura, à cozinha e à fotografia.
    O que Rama mais gostava de fazer era ir ver os pescadores bem cedo, antes de partirem. Aquele momento era surreal: o silêncio da praia ao alvorecer, interrompido apenas pelas ondas que batiam na areia, as vozes ásperas dos pescadores erguendo-se na escuridão ao longo dos preparativos, as silhuetas das canoas se distanciando no oceano, ocupando toda a linha do horizonte, semelhantes a uma frota de guerra: aquelas imagens mereciam ser pintadas.
    Ao anoitecer, quando retornavam, eu tirava fotos. A efervescência e a euforia que acompanhavam o atracar das canoas

revelavam a vila e seus habitantes sob nova luz. Uma outra vida transparecia naquele momento; vida curta, de quase uma hora, mas que hora! Que densidade naquelas cenas de vida quotidiana! Os marinheiros descarregavam a carga. As mulheres já processavam os peixes. Eu tentava capturar os corpos tesos dos homens, alegorias do trabalho e da aspereza do real, as mãos das mulheres manipulando os peixes, as grandes canoas balançando, impassíveis como divindades. Ao fotografar, eu tentava não pensar demais no enquadramento, na posição. Tentando registrar nas imagens sua fluidez e sua espontaneidade, a única possibilidade era seguir o meu instinto.

Na maior parte do tempo eu obtinha enormes fracassos. Mas belas fotos também. Rama as selecionava. Ela tinha olho para isso. Algumas imagens a comoviam bastante. Isso me alegrava. Ao examinar as fotos do quinto dia, ela me disse que o homem aparecia de novo numa delas.

— O homem? Que homem?

— Aquele que sempre olha para a objetiva. Ele se prepara sistematicamente para sair numa bela foto desde o início. Quase sempre em segundo plano, ou num canto.

Não tinha a mínima ideia de quem ela falava. Ela compreendeu ao ver a perplexidade no meu rosto.

— Não me diga que você o jamais observou?

— Não, nunca percebi.

— Pensei que era um jogo entre vocês dois.

Ela vasculhou as fotografias dos dias precedentes e puxou quatro, que ela juntou à daquele dia, e me deu. Então eu vi o tal homem, de fato o único a olhar fixamente para a objetiva. Os outros, para fazer pose ou porque realmente não prestavam atenção em mim, estavam absorvidos em seu trabalho e me ignoravam. Mas ele, aquele homem, me olhava de frente. Nas cinco fotos em que aparecia, ele pousava os olhos fixamente sobre mim, olhões em que eu traduzia uma mistura de confiança e desprezo. Ele se parecia com um lutador que me desafiava com arrogância. Estranhamente, ele exibia a mesma expressão em todas as fotos, a mesma atitude: busto reto, testa alta, queixo erguido e orgulhoso. Eu jamais o percebera, embora ele claramente buscasse o meu olhar. Aparentemente muito jovem, ele tinha uma tez muito escura, sua cabeleira descuidada e abundante lhe dava o ar de um vagabundo. Não era particularmente belo, mas a arrogância juvenil de seu olhar me enervava, me divertia, me agradava. Raramente alguém me olhara com tal intensidade. Se a objetiva não estivesse entre nós, pensei comigo mesmo, seus olhos certamente teriam me queimado.

— Aí, então, estou percebendo que ele o fascina. Faz meia hora que você está inclinado sobre ele sem dizer nada. Tem certeza de que você não sabe quem é?

— Não faço ideia, não — respondi, arrancando-me aliviado e arrependido do olhar daquele homem.

No dia seguinte, ao retorno dos pescadores, é claro que só a ele eu procurava. Por trás da objetiva eu aguardava o seu olhar, queria capturar a insolência dos seus olhos, aprisioná-la e responder a ela. Mas não havia nenhum sinal dele. Não o vi em nenhum lugar. Contornei a praia inteira, todas as canoas, todos os pescadores. Em vão. Trazia comigo uma foto em que ele aparecia. Perguntei a um dos pescadores se o conhecia.

— Claro que conheço. Nós nos conhecemos todos aqui. É o Yatma, Yatma Ndoye, filho do Bamar Ndoye. A canoa deles não volta esta noite. Eles passam dois dias no mar. Estarão aqui amanhã, sem dúvida com uma montanha de peixes. É a melhor canoa da vila.

Voltei desapontado. Só tinha comigo um nome e isso não me satisfazia. O que eu queria eram seus olhos. Rama estava cozinhando quando entrei.

— Você tirou fotografias bonitas esta noite?

— Na verdade, não.

— É o que você sempre diz, mas todo dia há pelo menos duas ou três excelentes. Deixe-me ver.

— Não tirei absolutamente nenhuma — disse-lhe, embaraçado, após uma pausa. — Não tirei nenhuma hoje.

— Você está falando como um pescador de mãos vazias.

Não respondi.

— É porque ele não estava lá, não é?

— O quê?

— O homem das fotos. O que olha para a objetiva. O homem de cujo rosto você não se descolou ontem. Eu vi muito bem. Acordei de madrugada e eu o vi olhando para as fotos dele. Era tarde. Talvez você tenha passado a noite inteira diante daquelas imagens?

Afastei-me sem dizer nada. Ela me segurou.

— Sabe, eu não o julgo, Ndéné. Jamais o julgarei.

Refugiei-me no quarto batendo a porta da sala. Ao invés de me apaziguar e me reconfortar, as últimas palavras de Rama haviam me enervado sem que eu soubesse exatamente por quê. Ser julgado ou não: o que era pior? Em ambos os casos, estamos submetidos ao olhar do outro, mesmo se aquele olhar não quisesse. Ao não julgar-me, Rama me dava o direito de ser livre por inteiro. Mas então eu não era totalmente livre. Se eu precisava de que não me julgassem para poder ser eu mesmo, eu continuava dependendo do outro, de seu julgamento assim como de seu não-julgamento. De olhos fechados, a cabeça fervendo, eu detestava Rama. Odiava seu não-julgamento que era um julgamento. Desconfiemos das pessoas que fazem de conta não nos julgarem: elas já o fizeram, talvez até mais severamente que os outros, mesmo quando são sinceras, sobretudo quando são sinceras. Sem querer, e talvez sem saber, elas nos examinam e nos descascam até a medula. Eu talvez teria preferido que Rama me julgasse, que me dissesse claramente o que ela pensava de mim, e daquilo que ela sentia se agitando dentro de mim e sobre o que eu não queria saber. Mas ela não me julgava. Ela me deixava sozinho com o olhar de Yatma. Não tinha visto de novo o homem na praia. No fundo, toda aquela fúria, todo aquele nervosismo vinha dali: eu não tinha visto de novo os olhos dele.

 O restante da nossa noite foi carregado e silencioso. Rama não dizia nada e minha fúria não diminuía. Ela era, sabia perfeitamente, dirigida contra mim mesmo. Não culpava Rama, mesmo se minha covardia a apontava como causa da minha indisposição. Ela não tinha me feito nada, essa era a verdade. A sensação confusa que me dominava diante dos olhos de Yatma não dizia respeito a ela. A fonte da minha fúria se encontrava no meu próprio sangue, na vergonha que se sucedia, sem matá-la, à atração enigmática que o olhar magnético de Yatma exercia sobre mim. Aquela atração era um erro que me envergonhava. Mas, de imediato, do próprio cerne da vergonha, erguia-se, como um canto de opróbrio, um prazer vivo e obscuro, o prazer adolescente de cometer um erro, de transgredir uma proibição. O prazer da vergonha sentindo prazer. Eu me desencaminhara e acabara por mergulhar numa profunda amargura. Será que eu era tão fraco, tão impressionável que, pela segunda vez em poucas semanas, um rapaz desconhecido pudesse ocupar minha mente àquele ponto?

 Rama foi se deitar, decidida a me deixar sozinho até o fim no meu embate comigo mesmo. Eu estava na sala, a poucos metros da mesa sobre a qual estavam as fotos. Bastavam-me alguns passos para reencontrar aquele olhar... Alguns passos, insignificantes... Concentrei toda a força da minha vontade para permanecer sentado na poltrona. A mesa me se apresentava como uma tentação maléfica. Eu não devia me aproximar dela. Devia permanecer longe dela, longe daquela merda de mesa e do olhar dele. Pus-me a recitar versículos do Corão, a fazer *duas*, invocações, para que a mesa me deixasse em paz. Esperava que Deus mandasse um relâmpago para incendiar a mesa diante dos meus olhos... Mas nada. Fitei a mesa, terrivelmente ameaçadora e próxima. Continuei recitando versículos do Corão, agarrado aos braços da poltrona como se minha vida dependesse deles. Era ridículo. Se não estivesse tão assustado, eu teria rido como um louco daquele espetáculo patético que eu desempenhava.

    Você está com medo do que, Ndéné? De ter virado um viadinho? Você está com medo do que esse olhar faz com você? Você, grande e orgulhoso hétero histórico, você que só ama e só amou as mulheres, os seios de aréolas grandes e granuladas, as nádegas das mulheres, sua nuca fina e sensual, os cheiros de seu sexo, suas maneiras de ver o mundo e de estar nele, você para quem a galáxia feminina sempre foi ainda mais desejável por jamais poder alcançá-la ou compreendê-la, você terá se tornado *góor-jigéen*? Mas como? Você, muçulmano culto, filho de um homem piedoso que foi quase imame, você que, quando criança, freqüentou a escola corânica, você que foi criado, educado e instruído na virtude deste país, você terá se tornado um maricas? Está com medo de se imaginar de quatro, violentamente enrabado por um colosso de pica nervosa e sulcada? Você teme sentir-se atraído por um nu masculino? Você está com medo da solidão, do sofrimento, do silêncio em que o fato de ser um deles o mergulhará? Você tem medo de que a multidão venha lhe arrancar os olhos? Você, o homem das multidões, assim como dizia? Você que, dentro delas, é alguém sem importar quem, não é? Ah, covarde, você teme a multidão que deseja a sua morte! Está com medo de morrer? O que é que você tem? Então os rumores estão certos? O que é que você vai fazer agora? O que você fará? O que você vai fazer? Se matar? Você está pronto para se comportar como um homossexual glorioso? Responda, imbecil!

A noite avançava e eu sentia perder a luta. A mesa me atraía, junto com seu amontoado de fotos que eu precisava apenas olhar para, de uma maneira ou de outra, me aliviar. Comecei a me confundir na litania dos versículos corânicos. Deus me abandonara. Ou o contrário. Acabei por me mover na direção da mesa. Yatma aparecia em cinco fotos. Peguei-as desviando o olhar, com medo de cruzar com seus olhos, enfiei-as no bolso, saí e me dirigi à praia.

Senti as fotos dentro do meu bolso, bem ao lado do meu sexo... O olhar... apertei o passo. O olhar... uma ereção incipiente. Pus-me a caminhar a passo apressado, e em seguida a correr, soluçando como uma criança. Sentia sufocar. A ereção aumentou. O olhar... O ar estava frio. Minhas lágrimas rolavam. Eu arfava. Continuamente sobre mim, sobre minha nuca, sobre meu rosto, por toda parte, o olhar sombrio e arrogante, o olhar de fogo — um fogo negro — de Yatma Ndoye. Rumores, rumores das ondas. Mais uma duna de areia a cruzar. Meu sexo estava inchado. O mar, enfim. Estaquei por alguns segundos, sem fôlego. Esperei que minha respiração se acalmasse aos poucos antes de retirar, com mão trêmula, as fotos do bolso. Continuei evitando olhá-las. O que é que eu esperava? Um impulso de coragem. Um sinal. Uma onda quebrando com estrondo no cais me bastou: rasguei furiosamente as fotos, e lancei ao ar os retalhos. O olhar se reduziu a milhares de pedacinhos esvoaçando pela praia, dispersados pelo vento glacial. Alguns caíram n'água, outros rolaram pela praia como pequenos caranguejos fugindo à noite. Por alguns segundos, julguei sentir um certo alívio. Mas, pelo contrário, era a sensação nascente de uma angústia redobrada. O olhar... Ele permanecia vivo. É claro que ainda estava vivo. Como é que eu pude acreditar, por um instante que fosse, que eu o cegaria ao furar os olhos que o emanavam? Eu mentira mais uma vez para mim mesmo. Ele vivia dentro de mim. Flagrei-me catando os pedaços das fotos dispersados pela praia. Com que tipo de louca esperança? Para rever uma última vez, ali onde os havia conhecido, aqueles olhos diante dos quais eu não passava de nudez e fraqueza? Consegui apanhar alguns fragmentos. Nenhum deles exibia o olhar que eu buscava. Os outros pedaços já haviam se dispersado como cinzas na orla ou na água. Não tinha mais chance de os reencontrar. Desabei na praia, exausto e infeliz. Meu sexo doía por ter permanecido tão rijo todo aquele tempo. Então o liberei e, num misto de lágrimas, de vergonha, de prazer, masturbei-me até o alívio final, que chegou, remoto e poderoso, com um longo gemido, me deixando como um morto na costa deserta. Tinha acabado.

 Só me levantei muito tempo depois para chegar até a casa, ofegante. Cheguei, tomei banho e me aconcheguei junto a Rama, enfiando o rosto na sua cabeleira.

19

    No dia seguinte, durante o café-da-manhã, anunciei o desejo de ir embora.

— Você tem certeza do que está falando?

— Por que essa pergunta?

— Porque talvez você ainda não tenha encontrado o que veio procurar.

— O que é que você sabe do que eu vim procurar? — No que ia responder, eu a interrompi. — E, para início de conversa, quem disse que eu estou procurando alguma coisa? Já faz alguns dias que todo mundo me pergunta o que eu estou procurando. Por que é que deve haver necessariamente algo a procurar, me diga? Vocês todos acham que a vida reside na obrigação de encontrar um segredo, uma revelação que dê sentido à nossa existência... Mas é possível que não haja absolutamente nada no fim do túnel, que aquilo que consideramos seja uma luz de salvação não passe de um brilho pálido do frio vestíbulo da outra entrada. Imagine! Como seria cruel! E engraçado! Nós todos talvez estejamos dentro de um tubo, uma espécie de intestino grosso, uns indo numa direção, outros na direção oposta, todos julgando encontrar luz ali onde os outros deixaram um purgatório cinzento. E ninguém falará entre si. Ninguém dirá ao seu semelhante: "Por ali, camarada, não há nada, estou vindo de lá!" Seria tragicamente cômico! (Eu ria maldosamente.) Cômico e inútil. Vocês já pensaram nisso? O que você faria, o que fariam vocês todos se finalmente não houvesse nada a procurar, se tudo isso não passasse de uma série gigantesca de acasos sem mensagem oculta? O que você faria se o intestino fosse real?

— A questão na verdade é essa: o que é que você faria? Como você reagiria se lhe informassem que a sua presença aqui é inútil? Se lhe dissessem que não só o que você está procurando não está mais aqui, como também que a própria ideia de procurar é absurda?

Rama falava com uma calma que me incomodava. Elevei o tom:

— Mas eu não estou procurando nada! O que é que você quer que eu procure?

Fiz a pergunta num misto de irritação e imensa esperança, e Rama sentiu, sem dúvida, que eu estava menos interessado na exposição de suas hipóteses do que em suplicar a sua ajuda, suplicar que me indicasse o bom caminho.

— Não quero absolutamente nada, Ndéné. Talvez, de fato, você não esteja procurando nada. Talvez você esteja até fazendo justamente o contrário: fugir.

Por um breve instante, pairou no cômodo um silêncio

espesso, perigoso como um pântano em que eu temia afundar para sempre, embora essa perspectiva também me seduzisse.

— Não me pergunte do que ou de quem você está fugindo. Só você sabe. Só você pode saber. Mas vou lhe dizer uma coisa... — Ela se deteve e, pela primeira vez desde o início da discussão, senti que ela procurava as palavras, que sua calma vacilava. — Eu sei reconhecer um homem que tem medo de ir até o fundo de si e enfrentar seus demônios. Vejo isso toda noite. Eles chegam trazendo todo o peso do mundo em suas cabeças, esmagados de arrependimento, de medo, de culpa, de desejo de reparar seus erros. E eles me contam a sua vida, na esperança de que eu milagrosamente os ajude a salvar o que ainda resta. Mas isso eu não posso fazer. Eu apenas os escuto. Eles acabam por chorar como crianças e, nesse momento, fito-os com uma ternura maternal mesclada a uma fúria profunda. Eu os amo e eles me enojam. Eles ficam chorando por muito tempo, por vezes horas a fio. Todo o seu soul. Todo o seu blues. Depois, eles não se sentem melhor — não podemos nos iludir — mas sabem que, enquanto continuarem mentindo, eles continuarão morrendo aos poucos. Eu sei reconhecer esses homens. E você, Ndéné, você é exatamente como eles.

— Ah, você está me julgando agora?

— Se estou julgando ou não, no final das contas, isso não tem importância alguma. O que conta é o que você pensa sobre si mesmo.

Virei o olhar para a janela, pousando-o sobre as dunas que, naquela noite, de novo, eu haveria de cruzar para chegar à praia. Senti os olhos de Rama sobre mim, pacientes, mas duros. Dirigi-me de novo a ela, exausto, quase implorando.

— Sim, eu talvez seja como eles, como já disse. Mas eu

não posso enfrentar todos os meus demônios. Ninguém pode. Já enfrentei alguns. Nada mau. Mas têm sempre que sobrar alguns que nos metam medo, senão estamos acabados.

— Eu não disse que devemos derrotar todos os demônios. Eu simplesmente disse que eles devem ser enfrentados, ao menos. Todos eles.

— Você é corajosa demais — disse-lhe num tom que acabou soando mais ridículo do que sarcástico.

— Não, não corajosa. Eu sei que posso perder, sem temer ser uma perdedora.

— É justamente o que eu disse. A coragem encarnada, magnífica.

— Coragem é uma palavra grandiosa. É uma palavra para uso dos heróis. Eles são raros e eu não figuro entre eles. Estou falando de outra coisa, de uma coisa mais simples e ao mesmo tempo mais difícil que a coragem: lucidez.

— Não consigo ver muito bem a diferença. Mas que seja. O que significaria ser lúcido, no meu caso?

Ela me fitou longamente, com uma expressão a mim desconhecida, uma expressão nova, que fazia dela uma outra pessoa, uma estrangeira.

— Isso só diz respeito a você, Ndéné — disse ela. — Para cada um de nós, ser lúcido significa poder encarar o próprio rosto, qualquer que seja ele. Mesmo que feio, cheio de cicatrizes, coberto de chagas e de pus, mesmo que esteja gangrenando, é preciso encarar. É simples.

— Não, não é. Ademais, do que é que você vem falando todo esse tempo? Tudo isso é abstrato demais, não é?

— Talvez, mas isso é a sua vida, e é dela que estamos falando.

Você sabe. Se você está com a impressão de que a nossa conversa seja abstrata, é porque a sua vida também é abstrata. E você não faz nada para mudar.

— Não tenho certeza de estar compreendendo.

O seu rosto então tornou a ser aquele que eu conhecia. Ela deu um suspiro e me dirigiu um sorriso cansado.

— Minhas explicações são ruins, eu não sou professora, entende… não encontro as palavras certas. Mas que merda! Quem sou eu para dizer "é preciso"? Nada é preciso. Me deixei embalar. Esqueça. Que cada um faça o que pode. É melhor, não é? — Ela deu mais um sorriso, triste dessa vez. — Queria tanto te ajudar… Tanto. Mas ninguém pode te ajudar.

Pela primeira vez desde que a conhecera, Rama chorou na minha frente. Aproximei-me dela e a abracei forte. Permanecemos assim por muito tempo.

Não, suas explicações não são ruins. Essas coisas não se explicam. Claro, Rama, é claro que compreendi. Você queria simplesmente me dizer que nenhum refúgio no paraíso é eterno, não porque o paraíso seja incompatível com a eternidade, mas porque cada um que caminha sobre a terra leva eternamente dentro de si um pedaço de inferno. Você queria me dizer que o inferno pode ser uma canoa minúscula numa gigantesca tempestade de paraíso, e jamais naufragar. Que os dois, inferno e paraíso, são compatíveis, e que é isso, finalmente, que nos mantém vivos. O inferno absoluto é insuportável; o paraíso absoluto, também. Claro, você não teria usado estas palavras. Você teria usado frases mais simples, mais diretas, mais duras, mais incisivas, mais verdadeiras, menos abstratas. Mas mesmo assim eu não as ouviria. Eu não estava pronto.

Telefonei ao proprietário para informar que desejávamos ir

embora durante a tarde. Limpamos a casa, arrumamos nossas coisas e demos uma última caminhada na praia, até a margem do pequeno cais. Naquele dia as crianças não estavam por ali, e a pequena canoa desaparecera. A vila parecia ainda tão deserta. Lá pelas 17 horas, pouco antes do retorno dos pescadores, estávamos prontos para partir. Yatma decerto chegaria. Ele jamais viria a saber de nada.

Rama recebeu uma mensagem no instante em que nos sentamos dentro do carro.

— É Angela. Ela me enviou umas fotos.

— Fotos do quê?

— Dos rostos inchados de dois homens que uma multidão linchou ontem. Parece que foram flagrados juntos enquanto se beijavam. Aconteceu na universidade. Foram espancados na hora, como sempre. Estão no hospital central, em estado crítico. Angela diz que um deles é professor renomado no departamento de letras. Ela está me perguntando se você conhece. Quer ver?

— Não.

Liguei o motor.

20

O *jotalikat* morreu de madrugada devido aos ferimentos. Sr. Coly está com a mandíbula fraturada. Perdeu também um olho e sofre de graves traumatismos cranianos, com perda parcial de memória. Encontrei-o consciente, enfermo porém consciente. Ele não lembra quem sou e tem enorme dificuldade para falar. Cada vez que tenta abrir a boca, escorre uma baba abundante e as palavras que ele procura proferir se perdem naquele magma de saliva profusa e frases desarticuladas. No entanto, sinto que ele quer dizer algo de tão essencial, que está disposto a confiá-lo a um desconhecido — pois eu sou um desconhecido para ele. Com seu olho ainda são, ele tenta se comunicar. É tudo o que lhe resta: um olhar de Ciclope para falar. Mas eu não compreendo nada dessa linguagem do olho. Só sei que ele sente dor, e medo, talvez. Digo-lhe não compreender o que ele procura me dizer. Isso quase acaba com ele. Fecha os olhos, de desespero e de dor. Ele tem consciência de estar preso no maior sofrimento, sobre o qual não pode falar. Uma lágrima escorre do olho esquerdo — o que ainda funciona; do outro acaba vazando, depois de embeber o curativo que o cobre, uma substância amarelada que puxa para um vermelho sujo. Acabei saindo do quarto.

O doutor me aguarda no corredor. "Vamos mantê-lo um pouco aqui. Dez dias, não mais. Temos falta de leitos, compreende... Retorne sempre que possível. Ver gente conhecida o ajudará a se recordar com mais facilidade. Fale-lhe de sua vida, de lembranças. Evite porém evocar agora as razões pelas quais ele se encontra aqui... Nem mencione o outro... O amigo dele... quero dizer..." O médico se detém, hesita, me olha e, furtivamente, no seu rosto, entrevejo as faíscas da terrível luta que se desenrola dentro de si, luta em que a consciência profissional repele como pode os julgamentos morais. Ele muda de assunto e me comunica que sou a primeira pessoa a visitar Sr. Coly desde que fora trazido até ali, no dia anterior. O hospital tentara telefonar para a esposa dele, e ela se recusara a lhe fazer uma visita. O doutor me explica que esse tipo de comportamento é frequente. Todos os homossexuais publicamente reconhecidos perdem o apoio de seus próximos e amigos. Suas esposas, quando as têm, em geral entram em fase de depressão. É insuportável a ideia de terem sido enganadas, de terem servido como tapa-pecado, ventre de precaução, máscara de moralidade, vitrine de virilidade. Elas se sentem feridas, em suma, por não terem sido talvez jamais amadas de verdade.

Ninguém, exceto Angela e seus colegas da Human Rights Watch, veio ver Sr. Coly. Nem o *jotalikat*. Ninguém veio reclamar o corpo. O médico, no entanto, não demonstra muita preocupação.

"Alguém acabará vindo no meio da madrugada, ao abrigo dos olhares dos outros, para o levar. Estamos acostumados." Ele endireita os óculos, dá-me um aperto de mão profissional e se afasta como só os médicos sabem fazê-lo.

Ouço os rumores da cidade do lado de fora. Fico escutando por alguns minutos, imóvel e sozinho no corredor cujas luzes se apagam e, depois, aos poucos, sinto crescer dentro de mim um vagalhão de puro ódio pela cidade, pelos seus rumores, por todos os seus habitantes. De súbito invade-me o desejo de os matar, de os matar todos, sem me dar ao trabalho de analisar caso a caso, sem gradações, sem tentar ver quem é bom, quem é mau, quem é humano por inteiro, quem é humano pela metade. Nem tenho vontade para isso: são todos culpados. Não há como haver inocentes entre eles. Eles são a sociedade, a sociedade em seu movimento brutal, poderoso e irreprimível como o de uma jibóia que estrangula sua presa. Se eu pudesse, sairia empunhando uma arma e metralhando a multidão às cegas, como um terrorista, embriagado de ódio, nojo e determinação. Mas eu não tenho arma alguma; estou nu e fraco como todo homem diante de seus semelhantes. Não posso fazer nada, a não ser enfrentar os olhares repletos de boa fé, inocência, pureza, repulsivos por terem razão e por sempre desejarem ter razão. Cada um deles faz parte da multidão que desenterrou Amadou; cada um deles participou do linchamento de Sr. Coly e do *jotalikat*; todos cavaram o poço de silêncio em que a mãe de Amadou desce diariamente.

O mar de ódio começa a subir de novo, logo tão alto, que será impossível baixar. Vou embora. Vou embora me tornar seu pior pesadelo e ao mesmo tempo aquilo que eles sonham ver para melhor me matar: um *góor-jigéen*. Vou embora causar-lhes o mais insuportável sofrimento e oferecer-lhes o presente mais inestimável num único gesto: metamorfosear-me num pederasta, um pederasta que eles poderão temer com uma repulsão visceral e ao mesmo tempo desejar numa obscura pulsão de morte. Que me cubram de cusparadas, que me triturem com seus dentes, que me quebrem os ossos e me arrastem pelado pelas ruas, que me xinguem e xinguem minha falecida mãe, que me considerem indigno de viver, que me arrebentem os dentes para que eu chupe melhor, como dizem, que me linchem e me abandonem ao ar livre, vísceras expostas como uma carniça! Que me carreguem com seu ódio como uma mula: será apenas um acréscimo à minha própria carga antes que eu exploda em meio a eles e que morramos todos em nossos ódios perfurados como úlceras, perfurados como bolhas de ácido. Eles não são os únicos que sabem odiar. Eu imploro: que me façam protagonista de um vídeo! Que me concedam o imenso privilégio de morrer sendo filmado! É esse o meu desejo. Partir na mais terrível deflagração de violência, levando comigo o maior número de pessoas, pois é isso que todos nós merecemos, nós, pequeninas criaturas lutando uma guerra tão feroz. Sinto-me forte, depositário de uma força negra e imensa que torna irrisórias as poucas razões de viver e de amar que ainda tenho: Rama, Adja Mbène e, claro, você, papai — perdão! —, você que imagino já ajoelhado junto ao meu túmulo, desenterrando-me aos prantos com suas mãos trêmulas, dilacerado como sempre entre o amor e a vergonha…

    Ponho-me a caminhar lentamente pelo corredor, na direção da saída. As luzes se acendem e, no mesmo instante, inunda-me, misturada ao mar já fumegante do meu ódio, uma alegria insuperável. É uma alegria simples, pura, sagrada, que logo passa a me dar grandes golpes no coração, no ventre, na cabeça. É quase doloroso.

Meus passos ressoam com um eco estrondoso e sinistro naquele hospital com aparência de necrotério. São os passos de um homem no último corredor, um corredor tão escuro que ele só consegue ver a luz do fim, tão aterrorizante quanto divina; e tão estreito que o condenado não tem mais como se virar e dar meia volta. Só me resta avançar. Só quero avançar. Recuar não é possível e nem desejável. Avançar, mas rumo a quê? Não avançamos sempre rumo a algo?

Há pouco, deixei Rama na casa dela. Ela queria ficar comigo. Disse-lhe que desejava ficar sozinho, realmente sozinho, ao menos essa noite. Ela quis dizer alguma coisa, mas, ao término de um longo silêncio, acabou apenas por me beijar na face antes de descer do carro. Ficou em pé na calçada, olhando-me com uma espécie de tristeza; e, por bastante tempo depois de partir, ainda via sua silhueta no retrovisor, seu olhar triste ainda pousado sobre mim, até ser engolfado pela noite. Na poltrona do passageiro, ela deixara um de seus longos dreadlocks.

Antes de chegar ao hospital, fui visitar o túmulo de Amadou. Temia que o tivessem profanado para desenterrá-lo pela segunda vez. Mas as pedras continuavam lá, imóveis, delimitando o espaço sagrado. Ninguém tinha vindo, ninguém jamais virá: ele estava finalmente morto. A simplicidade de seu túmulo me comoveu de repente, como se não o tivesse visto antes. Aquelas quatro pedras me pareceram como um suntuoso mausoléu, sem fausto. A ideia de escrever algo me passou pela cabeça. Arranquei um pequeno galho da árvore e o mantive apontado para o espaço entre as pedras, à espera das palavras que eu queria riscar na areia à guisa de epitáfio. O pau permaneceu por muito tempo suspenso por cima do túmulo. Não me veio nada; por fim joguei o galho, concluindo que eu mesmo teria sido o profanador do túmulo caso houvesse, ao escrever, perturbado sua beleza virginal.

O corredor. Chego logo do lado de fora. Serei eu um? Sim... Não... Pouco importa: os rumores disseram, decidiram, decretaram que sim. Então eu serei. Tenho que ser. Se eles precisam, esses que estão lá fora, que eu seja para viverem melhor, eu serei, desempenharei impecavelmente o meu papel e, assim, cada um ficará contente. Eles, de viver; eu, de morrer. Talvez só depois da minha morte eles se darão conta do presente que lhes fiz... Eles me cantarão loas. Eles beijarão meus pés frios e abraçarão meu caixão como o dos santos. Alguns dos meus carrascos, com a raiva reduzida, falarão bem de mim, sem qualquer risco, pois viado bom é viado morto. O ar quente da cidade já roça o meu rosto. Os rumores se aproximam. Abro-lhes os braços como a um irmão. A lucidez... Sobre a qual Rama falava. A lucidez.. Ei-la talvez. Mais alguns passos, e ela me cegará. Fiz a minha escolha. Todo mundo aqui está pronto para matar para ser um apóstolo do Bem. Quanto a mim, estou pronto para morrer para ser a única figura ainda possível do Mal.

Esta obra foi produzida em Arno Pro Light 13 e impressa em papel pólen soft 80 na gráfica Trio para a Editora Malê em setembro de 2024.